「初めまして。
私の名前はミア・シルヴァリア……
もっとも、その残留思念の様なものですが」
そうして現れたのは、アハトそっくりの女性。

黒紫の魔弾。醜悪な稲光を放ち。
地面を破壊しながら進んで来る破壊の化身。
ジークはそれを前に、
今まで構えていた剣を鞘へ納める。

「ば、バカな!? 何をした!?」

と、まさに夢心地といった様子のアハトとアイリス。
まお、様……好き、です

常勝魔王のやりなおし3

～俺はまだ一割も本気を出していないんだが～

アカバコウヨウ

HJ文庫
968

口絵・本文イラスト　アジシオ

目次

これまでのあらすじ

魔王《まおう》ジークが伝説の勇者ミア・シルヴァリアに倒《たお》され。

彼《かれ》が彼女《かのじょ》の子孫達《たち》――至高の勇者達との戦いを夢見てから五百年後。

彼は冒険者《ぼうけんしゃ》のアルに、記憶《きおく》と能力の全てを譲渡《じょうと》する形で現代に蘇《よみがえ》る。

こうして魔物《まもの》からの転生者――宿魔人《しゅくまじん》となったジーク。

しかし、彼が目にしたのは腐敗《ふはい》し、ミアの血筋と権力を笠《かさ》に着て人々を苦しめるクズ勇者――そして、彼等に率いられるクズ冒険者達だった。

「ふざけるな……こいつらは、俺《おれ》の好敵手だったミアを穢《けが》している。そうだ、こいつらは勇者なんかじゃない。こんな奴《やつ》等に勇者を名乗らせるわけにはいかない！」

そう判断したジークは、勇者の一掃《いっそう》を決意する。

そして同時、彼は自らの手で『真の勇者』を育成し、その勇者と念願の一騎《いっき》打《う》ちを行う事を決意する……こうして彼は旅に出る。

ミアの後継者《こうけいしゃ》にして、勇者見習いのユウナ。

五百年前から仕えてくれているサキュバス娘《むすめ》のアイリス。

ジークと同じ、宿魔人にしてかつての部下――ブラン。

そんな彼女達と共に。

そうして、ジーク達は勇者を駆逐《くちく》しながら二つ目の街――錬金術師《れんきんじゅつし》であり、クズ勇者でもあるミハエルが支配する街『アルス』にたどり着く。

ジークはそこでミハエルと、彼が率いる錬金獣《れんきんじゅう》『キメラ』を一掃。

その道中で――新たなる仲間、ミアのホムンクルスである剣士《けんし》アハトを。

そして、ユウナを真の勇者として覚醒《かくせい》させる《勇者の試練》のありかについての手がかりを、手に入れるのだった。

プロローグ　最悪の勇者

時はとある日。

場所は犯罪都市イノセンティア——そこにそびえる城の一室。

「おい、雅《みやび》。このオレが誰《だれ》か言ってみろ」

「う、ウルフェルト様です……さ、最強の勇者で……あ、あたしのご主人、様っ」

と、言ってくるのは雅。ボロ絹の様な服を纏《まと》った、美しい少女だ。

狐耳《きつねみみ》、狐尻尾《きつねしっぽ》が特徴的《とくちょうてき》な人外——狐娘族《ここぞく》の奴隷《どれい》。

そんな彼女は現在、両手を鎖《くさり》で縛《しば》られ——それを天井《てんじょう》へ吊《つ》るし上げられるような形で拘《こう》束《そく》されている。

ウルフェルトは鞭《むち》を手に取り、そんな雅に近づきながら言う。

「貴様はそのオレに何をした？」

「ちゅ、昼食を持ってくる時間が……お、遅《おく》れてっ。で、でもそれはあたしのせいじゃなくて……あ、あんたの部下に邪魔《じゃま》をされ——」

「あぁ？　あんただぁ？」

「ちが……っ、そんな事、あ、あたし……言ってな――あぐっ！」

と、突如響き渡る《とつじょひびわた》る雅の痛みをこらえる様な声。

理由は簡単。ウルフェルトが手に持った鞭で、彼女を打ったのだ。

無論、手加減はした。

もし、ウルフェルトが本気で鞭を振る《ふ》えば、雅はすぐに死んでしまうに違《ちが》いないからだ。

そうなれば、雅の苦痛を見聞き出来るチャンスが減ってしまう。

「いつまで経《た》っても反抗的《はんこうてき》なやつだな、てめぇは！」

「痛っ、やめ――」

と、拘束されながらも、身体《からだ》をよじってなんとか逃《に》げようとする雅。

ウルフェルトはそんな彼女へ、何度も鞭を振るいながら言う。

「まだ『聖獣《せいじゅう》の一族』としてのプライドでも持ってるのか？　バカが！　貴様等の一族はとっくにオレの玩具《おもちゃ》なんだよ！」

「ち、が――あ、たし達……はっ」

「何が違う。それとも何か？　昨晩貴様がオレのベッドの上で、どういう状況《じょうきょう》だったか言ってやろうか？」

「っ――！」

「なぁおい、貴様等も聞きてぇだろ？」

と、ウルフェルトが視線を向けた先に居るのは、雅と同じ奴隷が数人。

いずれも狐娘族の少女達だ。

「こいつは昨日な。オレが何度も叩《たた》いてやったら、自分から懇願《こんがん》してきやがったんだ――『ウルフェルト様、もう痛いのは嫌《いや》です。だからどうか～』ってな。その後はこいつを組《く》み伏《ふ》せて、朝まで――」

「やめて！　いや、いやぁあああ！　そんなの、言わないで！　みんなに、お姉ちゃんに聞かせないで！」

と、頭を振りながら泣き始める雅。

そういえば、雅の姉があの奴隷たちの中に居るのを忘れていた。

きっと、あの悔《くや》しそうに顔を背《そむ》けている長身の女性がそうであるに違いない。

これは楽しくなってきた。

と、ウルフェルトがそんな事を考えていると。

「ウルフェルト様、お楽しみの最中に申し訳ありません。《ヒヒイロカネ》製の武器の件で、至急お耳に入れたいことが！」

と、急いだ様子で入ってくるのはウルフェルトの腹心の冒険者にして、弟子《でし》の一人であるカインだ。

なお《ヒヒイロカネ》とは、持ち主の力を最大限引き出す特殊《とくしゅ》な金属の事だ。

そして、それで作られた武器は唯一《ゆいいつ》魔王《まおう》を傷つけることが出来るという。

などと、ウルフェルトがそんな事を考えている間にも。

カインはウルフェルトの方へ近づいて来ると、そのまま言ってくる。

「まず今回はウルフェルト様の要望通り、冒険者ギルド上層部から《ヒヒイロカネ》の武器を、こちらへ送ってもらえる事になりました」

「だろうな、ミハエルが倒されたとなれば妥当《だとう》だ」

と、ウルフェルトは返す。

アルスの街の勇者ミハエル。

奴は錬金術師として、ミアの研究を進めていた。

そして、魔王ジークが奴の研究資料を見たとすれば――『アレ』の場所がこのイノセンティアだと、容易に判明するに違いない。

（さすがの冒険者ギルド上層部も、それくらいはわかると思っていたが……バカじゃなくて安心ってわけだ）

と、ここでウルフェルトはとある事が気になる。

故《ゆえ》に、彼はカインへと言う。

「で、何をそんなに慌《あわ》ててやがる？」

「じ、実は……武器の輸送隊が、途中《とちゅう》で盗賊《とうぞく》に襲《おそ》われたようで」

「面倒《めんどう》だな。結論だけ言え」

「輸送が遅れています――届くのはもう少し先になるかと」

「ちっ！」

思った通りだ。

これでは魔王襲来《まおうしゅうらい》と武器の到着《とうちゃく》どちらが早いか、ギリギリになってしまう。

（だから、オレは散々言ってきたんだ――『うだうだしてねぇで、《ヒヒイロカネ》の武器を寄越《よこ》せ』ってな）

たしか最初に要求したのは、ルコッテの街の勇者エミールが『《ヒヒイロカネ》の武器を要求』したタイミングだ。

それから今に至るまで、ウルフェルトに対する冒険者ギルド上層部の答えは全てノー。

なんでも冒険者ギルド上層部曰《いわ》く『緊急事態《きんきゅう》と研究のため以外では、《ヒヒイロカネ》の武器を渡す事はできない』だそうだ。

アホの極《きわ》みだ。

「クソがっ！」

冒険者ギルド上層部の無能ぶりに、怒《いか》りがまるで収まらない。

こういう時は――。

「おい、貴様。いつまで泣いてやがる」

「い、やぁ……っ」

と、未《いま》だ俯《うつむ》いて顔をふりふりしている雅。

見ているだけで嗜虐《しぎゃく》心が湧《わ》く――もっと痛めつけて、泣かせてやりたい。

ストレスの発散だ。

ウルフェルトは鞭を振りあげ、再度雅を――。

「待て、ウルフェルト！　それ以上、私の妹に手を出すな！」

聞こえてきたのは件《くだん》の奴隷――長身の少女の声だ。

　口ぶりからして、やはり彼女こそが雅の姉だったに違いない。

「おいこらてめぇ！　ウルフェルト様になんて口利《き》いてやがる！」

　と、ウルフェルトの前に立ったのはカインだ。

　彼は長身の少女へと言う。

「そんな態度を取って、どうなるかわかってるのか？」

「その脅《おど》しにはもう乗らない！　私は私の一族が――妹がこれ以上辛《つら》い目に遭《あ》うのが我慢《がまん》できない！」

「ちっ……寒いんだよ。てめぇらが粋《いき》がったところで、俺が《隷呪《れいじゅ》》を発動させたらどうなるかわかってるのか？」

　と、カインは長身の少女へ手を掲《かか》げる。

《隷呪》とはウルフェルトが作り出した、奴隷に対する首輪のようなものだ。

　実際それは首に刻印されており、奴隷が反抗的な態度を取ったときに任意で発動させることが出来る。

　発動権はウルフェルトと、その部下たちが持っており。

　発動させた場合は、対象に四肢《しし》が千切れるような痛みを与《あた》えるというもの……だが。

「まて、それじゃつまらねぇだろ」

「え、はい？」

と、ウルフェルトの言葉に対し、呆気《あっけ》にとられた様子で振り向いてくるカイン。

ウルフェルトはそんな彼を無視し、長身の少女へと言う。

「貴様の名はなんだ？」

「私は狐娘族最強の戦士の末裔《まつえい》――椿《つばき》だ！」

と返してくる狐娘族の少女、椿。

ウルフェルトはそんな彼女へと言葉を続ける。

「そうか。なぁ椿、オレは賭《か》け事《ごと》が好きなんだ。だからゲームをしないか？」

「ゲーム、だと？」

「貴様がカインとこのオレを、一対一で二人抜《ぬ》きできたら……そうだな、貴様等の一族に自由をやる。それだけじゃねぇ、この街から手を引いてやるよ」

「本当、だろうな？」

「本当じゃなかったら、貴様はこの賭けに乗らないのか？」

「っ……」

「わかったか？　選べる立場じゃねぇんだよ、貴様は——おい、カイン。行ってこい」

「ウルフェルト様、お遊びがすぎますよ」

と、ため息を漏《も》らすのはカインだ。

ウルフェルトはそんな彼へと言う。

「なに、たまには貴様の戦うところが見てぇんだ。師匠《ししょう》としての愛情と思ってくれや」

「そう言ってもらった以上、負けるわけにはいきませんね」

言って、カインは椿と向かい合う。

緊張《きんちょう》の瞬間《しゅんかん》だ。

…………。

………………。

…………………。

「参る！」

最初に動いたのは、椿だ。

さすが人間を遥《はる》かに超《こ》える運動能力を持つ狐娘族。

奴隷生活で最悪のコンディションに違いないのに、凄《すさ》まじい速度でカインへと接敵。

彼女はそこから、カインの側頭部めがけて蹴《け》りを繰《く》り出す……が。

「下位呪術《じゅじゅつ》《アブソーブ・パワー》！」

と、カインは即座《そくざ》に呪術を使用。

それと同時、カインの側頭部に蹴りが命中するが。

「おい、何かしたか？」

殆《ほとん》ど効いた様子のないカイン。

当然だ――彼が使用したのは、相手の力を自分の力として吸収する呪《のろ》い。

要するに、蹴りがあたる直前で、椿の力は激減してしまったのだ。

そして、その力はカインにプラスされているわけで。

「いくぜこら！　今度は俺の番だ！」

言って、カインは拳《こぶし》を振りかぶり、隙《すき》だらけの椿を殴《なぐ》りつけようとしている。

だがしかし。

「私を舐《な》めるな！」

全てを断《た》ち切るような、澄《す》んだ椿の声。

同時、彼女の姿がカインの前から消えうせる。

そして、部屋中から響《ひび》き渡るのは無数の足音。

(こいつぁすげぇ。床《ゆか》、壁《かべ》、天井を縦横無尽《じゅうおうむじん》に凄まじい速度で駆《か》けまわっているのか。だが、それだけじゃカインには勝てねぇぞ)

そして、それはカインも思っていたに違いない。

カインは手を翳《かざ》して言う。

「ならば、次はその速度を奪《うば》うまで！　下位じゅ――ぶほっ」

と、不自然に止まるカインの声。

理由は簡単。カインの顔面に椿の膝《ひざ》がクリーンヒットしていた。

しかし、椿のパワーは激減している。

なので、カインは見た目ほどダメージを受けていないに違いな――。

「まだまだぁああああああああああああああああああああっ！」

吠《ほ》える椿。

また も消える身体。
直後カインに襲いかかったのは、縦横無尽――全方位からの体術の嵐《あらし》。
なるほど、一撃一撃《いちげきいちげき》の威力《いりょく》は低下しているに違いない。
けれど、これだけ打ち込《こ》まれれば、結果は見えている。
「はぁあああああああああっ！」
ドゴンッ。
と、部屋一体を揺《ゆ》らす程《ほど》の椿の声と、激しい打ち込みの音。
気がつくと、カインは壁にめり込んでいた。
「さぁ、ウルフェルト！　次はお前だ！　私が成敗してやる！」
と、まったく疲《つか》れた様子のない椿。
彼女は間髪《かんはつ》を容《い》れずに、ウルフェルトに向けて飛びかかって来る。
こうして相対するとわかる。
やはり凄まじい速度だ。常人では何をされているかわからず、負けるに違いない。
「これで終わりだ、ウルフェルト！」
と、目の前から聞こえてくる椿の声。
きっと勝ちを確信しているに違いない――これで狐娘族は自由になると。

（この瞬間が、たまらねぇっ！）

ドゴォオオオオオオオオオオオオオオオオオオオオンッ！


と、城全体が揺れる程の振動《しんどう》。

部屋の床が大破し、その下の地面が見える程のクレーター。

ウルフェルトはそれを見ながら、椿へと言う。

「おいおいおい。希望が木《こ》っ端微塵《ぱみじん》に砕《くだ》けちまったなぁ……残念だったなぁ、オレに勝てると思ってたのになぁ」

「あ……う、ぁ」

と、ちょろちょろ股《また》から何かを漏らし、ぴくぴくしている椿。

何が起きたのかは簡単だ。

ウルフェルトは椿の攻撃《こうげき》を捌《さば》ききったのだ。

一瞬《いっしゅん》の間に放たれた椿の十連打を全て弾《はじ》き、顔面へと手を伸《の》ばす。

そして、彼は椿の顔面を掴《つか》んだまま、床へと打ち付けてやった。

結果がこれだ。

「わ、私は……あ、ぅ。負けるわけ、には……かひゅっ」

と、そんな椿は惨《みじ》め極まりない。

ウルフェルトはそんな彼女を見て、良い事を思いつく。

故に彼は、雅のもとへと歩いて行く。

そして、ウルフェルトは雅の鎖を破壊《はかい》し、椿を指さして言う。

「おい雅。そこにある鞭で、お前の姉――椿を打て」

「い、いや……そんなのっ」

と、返してくる雅。

ウルフェルトはそんな彼女へと、さらに言葉を続ける。

「だったら、オレが椿に罰《ばつ》を与える。さて何をしてやるか。爪《つめ》を剥《は》がすのもいい、それとも四肢を――」

「ま、待って！　あ、あたしがやる……から」

「なにを？」

「あ、あたしが……椿姉さんに、罰を……与えます」

言って、鞭を手に取る雅。

ウルフェルトはそれを見てニヤリと笑った後、カインへと近づいて行く。

そして、彼はカインの肩《かた》へと手を伸ばし言う。

「おい、大丈夫《だいじょうぶ》かカイン？」

「うっ……ウルフェルト、様？　お、俺はいったい――」

と、頭を押《お》さえているカイン。

ウルフェルトはそんな彼へと言葉を続ける。

「大丈夫だ。もう安心しろ」

「あ、ありがとう……ございます。す、すみませんでし、た」

「なに。いいってことだ……なんせ、貴様はもう死ぬんだからな」

「……へ？」


「上位呪術《エクス・アブソーブ・オールステータス》」


直後、カインの身体は黒紫《くろむらさき》の光に包まれ、凄まじい速度でやせ細っていく。

そうして、時間にして数秒にも満たない時間。

ウルフェルトの前には、カインだったミイラが居た。

「使えねぇ部下はいらねぇ。せめて、オレの力の糧《かて》になれ」

そんなウルフェルトの背後からは、鞭の音と悲鳴、そして嗚咽《おえつ》が何度も聞こえてくるのだった。

第一章　犯罪都市イノセンティア

時は魔王ジークが、クズ勇者ミハエルに支配されたアルスの街を解放してから少し後。
場所は――。

「見て見てジークくん！　あそこにすごく大きな滝《たき》がある！　すごい……虹《にじ》がかかっていて、とっても綺麗《きれい》！」

と、聞こえてくるのは赤を基調とした服を身にまとった少女。
ポニーテールがトレードマークな元気はつらつな彼女こそは、勇者見習いユウナ。
この時代に蔓延《はびこ》る血筋だけのクソ勇者と異なる存在。
右手の甲《こう》に正統な勇者の証である《光の紋章《もんしょう》》を宿した少女だ。
そんな彼女は瞳《ひとみ》をキラキラさせながら、ジークへと言葉を続けてくる。
「前にブランさんの背中に乗った時も思ったけど、やっぱり飛べるってすごいね！」

「そんなに気に入ったか？」

と、ジークはユウナへと返す。

すると、彼女はそのまま彼へと言葉を続けてくる。

「うん！　とっても羨《うらや》ましい！　だって、こんな景色は普通《ふつう》人間が見られないものだもん！　一生の思い出――ブランさんには感謝してもしきれないよ！」

「あとで直接言ってくれ、ブランが喜ぶ」

「うん、もちろんだよ！」

と、一瞬《いっしゅん》振《ふ》り返って笑うも、すぐに景色に夢中になるユウナ。

話に出たブランとは、ジークと同じく宿魔人《しゅくまじん》――魔物から転生した人間の少女だ。

真っ白な髪《かみ》と肌《はだ》を、真っ白な帽子《ぼうし》とローブで覆《おお》った魔《ま》法使《ほうつか》いの少女。

それがブランだ。

（もっとも、それは人間状態の話だがな）

現在、ブランは白竜《はくりゅう》になっている。

彼女はホワイト・ルナフェルトという竜族《りゅうぞく》の宿魔人なのだ。

そのため、彼女は巨大《きょだい》な白竜に変身する事が出来る。

さて、遅《おそ》くなったが要するに――現在の場所は。

「ユウナの言葉にはわたしも同意します。ブランの背に乗って空を飛ぶ事が、こんなに素《す》晴《ば》らしいとは……胸が感動で締《し》め付けられるような、初めての感覚です！」

と、やや興奮した様子で、ユウナと同じく景色に集中している人物が一人。

白を基調とした服を身にまとい、金の長髪《ちょうはつ》を風になびかせる少女。

彼女の名はアハト。

『五百年前にジークを倒した伝説の勇者――ミア・シルヴァリア』のホムンクルスだ。

アハトは剣《けん》の扱《あつか》いにかんしては、まさしく最強クラス。しかし、ホムンクルスとして精製される際の欠陥《けっかん》で、魔力《まりょく》と魔力に対する耐性《たいせい》を持っていない。

（まぁ、そんな事は『アハトが俺の仲間』という事実に、微塵《みじん》も関係ないがな。魔力があったところで、性格最悪で凄まじく弱い現代の勇者や冒険者達という事例もある）

などと、ジークがそんな事を考えていると。

「もう！　魔王様ってば、そろそろ飽《あ》きましたよ！」

と、ジークの思考を裂《さ》くように聞こえてくる元気な声。

見れば、そこに居たのはピンクのツーサイドアップのサキュバス少女。

悪魔《あくま》羽と悪魔《あくま》尻尾《しっぽ》がトレードマークの彼女こそは、今も昔も大切な仲間——アイリスだ。

彼女はジークやブランと異なり、宿魔人ではない純粋《じゅんすい》な魔物だ。

それも、五百年前から生き続けている。

「アハトもユウナも変ですよ！」

と、言ってくるアイリス。

彼女はそのまま、ジークへと言葉を続けてくる。

「二人とも地面ばっかり見て、何を感動しているんですか⁉」

「お前には羽があるからな」

と、ジークはアイリスへと返す。

そして、彼は彼女へとさらに言葉を続ける。

「飛べない人間には、こういう体験が珍《めずら》しいんだ」

「え～～～っ！　そんなもんですかね？　魔王様もですか？」

「そうだな、こういう風に落ち着いて景色を見た事はなかったからな」

改めて聞かれると困る。

確かに綺麗だとは思うが、そこまで感動したりはしない。

きっと、個性や感性の問題に違いな――。

「っていうか魔王様！　あとどれくらいで目的地につくんですかね⁉　何時間何分何秒くらいですかね⁉」

と、またもジークの思考をぶった切って来るアイリスの声。

ジークはそんな彼女へと言う。

「アルスの街を出てから、大分経ったからな。イノセンティアにはそうかからないうちに到着するだろ」

「早くつかないですかね！　もうこのアイリス、楽しみで楽しみで！」

「別に観光に行くわけじゃないぞ？」

「わかってますとも！　ただ、この『ブランの背中で座《すわ》ってるだけ』地獄《じごく》から解放されればそれでいいんですよ！」


「ぐるるるっ！」

と、聞こえてくる白竜ブランの唸《うな》り声《ごえ》。

アイリスは白竜ブランの背中を、ぺしぺし叩きながら彼女へと言う。

「別にブランの悪口を言ったわけじゃないですよ！　暇《ひま》なだけですって！」

「ぐるるるる……がうっ！」

「はいはい、文句言いませんよ！　ブランももっと気合い入れて飛んでくださいってば！」

「……（ぷいっ）」

と、なにやら首を逸《そ》らしている白竜ブラン。

今日も仲がいいようで何よりだ。


さて、それはともかく、ジークには少し気になったことがある。

それは前回アルスに向かった時と同じ事なのだが。

「アイリス。俺達《おれたち》がイノセンティアに向かっている理由を覚えているか？」

「………………」

こちらも白竜ブラン同様、顔をぷいっとするアイリス。

なるほど、どうやらわかっていないようだ。

ジークはため息一つ、そんなアイリスへと言う。

「俺達はアルスの街で、その街を仕切るクズ勇者——錬金術師のミハエルを倒したまではいいな?」

「はい、もちろんですとも!」

「そして俺はその際、ミハエルが研究していた勇者関連の資料を得た。その内容っていうのが……」

「あ、《勇者の試練》! 思い出しましたよ! 《勇者の試練》を受けに行くんですよ! たしかあれですよね!? 資料によると、《勇者の試練》がイノセンティアにあるんですよね!」

と、ドヤっと悪魔尻尾をふりふりアイリスさん。

要するにそういう事だ。

なお、補足しておくと《勇者の試練》とは、ユウナを『真の勇者として覚醒』させる試練のことだ。

五百年前にジークを打倒《だとう》したミア。彼女も《勇者の試練》をこなす度に、どんどん強くなった記憶がある。

(さすがの俺も、《勇者の試練》がどんなシステムなのか、どんな試練を課せられるのか――そういった詳細《しょうさい》まではわからないがな)

そして当然、ミハエルもそこまでは調べていなかった。

故にこればかりは、実際に受けてみるしかない。

「そういえばジーク、聞きたい事があるのですが」

と、いつのまにやら近くに座り、首をひょこりとかしげているのはアハトだ。

ジークはそんな彼女《かのじょ》へと言う。

「聞きたいことってなんだ？　知っている事なら何でも答えるが」

「はい。そもそも、その……イノセンティアという街はどういうところなのですか？」

「五百年前の知識で言うなら、聖獣が住まう光の都と言われていたな」

「聖獣、ですか？」

「裏切者ですよ！　それはもう汚《きたな》い、裏切者連中ですよ　魔王《まおう》様を裏切って、ミアに味方した魔物《まもの》の風上にもおけない、くそ狐達《ぎつねたち》ですよ！」

と、会話をぶった切って来るアイリス。

ジークは彼女を押《お》し戻《もど》した後、再度アハトへと言う。

「俺《おれ》がミア率いる人間達と戦っていた時代。狐娘族《ここぞく》という魔物の一族が居てな――そいつらはある時、ミアの思想に感動したとかで、俺から離《はな》れて人間側についた」

「なるほど、それでアイリスは裏切者と」

と、納得《なっとく》行った様子のアハト。

ジークは昔の事を思い出しながら、アハトへとさらに言葉を続ける。

「まぁ、思想は様々だ。別に咎《とが》めるつもりはない。それはそうと、それ以来狐娘族は人間達から『魔物』ではなく『聖獣』と呼ばれるようになったわけだ」

「なんとなくわかりました。だからイノセンティアは『聖獣が住まう光の都』と、呼ばれているわけですね」

「『聖獣』の部分はな。『光の都』たる所以《ゆえん》は他にある」

「ミアですよ、ミア！　ミアの本拠地《ほんきよち》だったんですよ！　か～～～～～ぺっ！　な～にが光の都ですか！　邪悪《じやあく》な都の間違《まちが》いじゃないですかね⁉」

と、またも会話をぶった切ってくるアイリス。

しかも今度はアイリスさん引っ込む気配がない。

アハトにある事、ない事を吹《ふ》き込みまくっている。

わーわー。

きゃーきゃー。

と、いつの間にやらユウナも交えてにぎやかになる白竜ブランの背中。

「邪悪な都、か……」

しかし、ジークは賑《にぎ》やかになれる気分ではなかった。

理由は簡単。

先ほど話したイノセンティアからの話。

今のイノセンティアは、五百年前のイノセンティアの話。

無論、それが本当かどうかなど、実際に行ってみなければわからない。

ただできることならば。

(イノセンティアは俺の好敵手、人間達の守り手であったミアの……最強にして真の勇者だったあいつの象徴《しょうちょう》とも言える街だ)

汚《けが》してほしくはない。

ジークがそんな事を考えている間にも、次第《しだい》に目的地が見えてくる。

(イノセンティアに直接降りると、騒《さわ》ぎになって面倒《めんどう》そうだな。ブランも疲れているだろ

うし、降りてすぐの戦闘《せんとう》は避《さ》けたい）
　となれば、言うべき事は決まっている。
　ジークは白竜ブランを一撫《ひとな》で、彼女へと言うのだった。
「イノセンティアから少し離れた場所――そうだな、あそこの森の中に降りてくれ」

　そうしてあれから少し後。

　現在、ジーク達は徒歩でイノセンティアへと向かって歩いている。

「ブラン、疲れてないか？」

「ん……余裕《よゆう》」

　と、ジトっとした瞳で、ブイサイン――いまいち感情の読み取れないブラン。

　一見疲れている様にも見えるが、彼女のジト目無表情はデフォルトだ。

　ジークはそんなブランの頭をぽふぽふ、そのまま彼女へと言う。

「まぁなんにせよ、お疲れ様《さま》だ。お前のおかげでイノセンティアにかなり早く来られた」

「まおう様のためなら、本当に疲れない……アイリスを怒《おこ》るときは、すぐに疲れるのに」

「ちょっと！　なーに私の悪口を言ってるんですか！」

と、割《わ》り込んで来るのはアイリスだ。

ブランはそんな彼女へと、ため息一つ吐《つ》いて言う。

「ん……ブランは別にアイリスの悪口は言ってない」

「しらばっくれても無駄《むだ》ですよ！」

と、ぷんすかした様子のアイリス。

そんな彼女はブランの腋《わき》へと手を伸ばしながら。

「悪い子ブランはこうです！」

「ちょ……っ。あっ……く、くすぐらない、でっ」

「そらそらそら！」

「んっ……やぁ。ま、まおう様……た、たすけっ」

改めて思うが、本当に平和な世の中だ。

五百年前の戦乱を収め、この平和を作ったミア。

彼女には心の底から「すごい」と思わざるを得ない。

（そう考えると、現代の平和を乱しまくっている勇者達はやはり許せないな）

さて、このイノセンティアに巣食っているに違《ちが》いない勇者。奴《やつ》はいったいどんな悪事を働いている事やら。

と、ジークが視線を向けた先――そこに在るはかつての光の都。

聖獣《せいじゅう》が住まい、ミアの本拠地として栄えた聖都『イノセンティア』だ。

「ようやく到着、か」

終わりが見えない長く巨大な城壁《じょうへき》。

中央に見える巨大な城を中心に栄える城下町。

そして、それら全てが特徴的《とくちょうてき》なデザインをしている。

(たしか『和風建築』だったか？　狐娘族の先祖が住んで居た『東の果にある国』のデザインを、再現したものとか)

まぁ、そんな事はどうでもいい。

ジークの目を一際《ひときわ》引いたのは、城壁にある巨大な門だ。

ジークの記憶《きおく》が確かならば、五百年前のあの門は常に閉じられ、ミアの魔力で結界が張られていた――当然、ジーク達敵勢力の侵入《しんにゅう》を拒《こば》むためだ。

今ではそんな扉《とびら》が開かれているのだ。

(もう閉じる理由がないってことか。その敵だった俺が言うのもなんだが、本当に平和に

なったんだな……だからこそ、本当に現代の勇者は――とっ）

まずい、思考がループしてきている。

いったん、現代勇者の事を考えるのはやめよう。不愉快《ふゆかい》になるだけだ。

ジークはそんな事を考えながら、仲間を引き連れイノセンティアの城門をくぐる。

と、その瞬間。

「おいおいおい、待てやてめぇら！」

聞こえてくるのは、見るからに柄《がら》の悪そうな男の声。

同時、ジーク達の前には想像通りの男が立ちふさがっている。

男はペロリと舌を蛇《へび》の様に出した後、ジーク達へと言ってくる。

「ここを通りたきゃ、門番である俺様に通行料を払《はら》いな！」

「意味不明なんですけど！　あっちの人は通ってるじゃないですか！」

「アイリスに同意する。そもそも、おまえはどういう立場の者なのですか？　どう見ても門番には見えないのですが」

と、真っ先に反応したのはアイリスとアハトだ。

　すると、男はそんな二人へと言う。

「随分反抗的《ずいぶんはんこうてき》な女どもだな……ちっ、いいか？　この街にはこの街のルールがあるんだよ。黙《だま》って俺様のいう事を聞けや！」

「だから、そのルールが怪《あや》しいって言ってるんですよこっちは！　あんまり喚《わめ》くとバブちゃんにしますよ⁉」

「そもそも、おまえが要求する額とは、いったいいくらなのですか？」

「そうだなぁ、どれくらいがいいか。よし、一人十万――てめぇら全員通すのに手数料込《こみ》で五十五万エンだ」

　直後、よりいっそう反発し始めるアイリスとアハト。

　当然だ。どう考えても法外な金額なのだから。

　五十五万エンもあれば、しばらく生活に困らないに違いない。

　などと、ジークがそんな事を考えていると。

　くいくい。

　くいくいくいくい。

　と、引かれるジークの袖《そで》。

「まおう様……あいつ、凍《こお》らせる？」

ジトっといつものブランさんだ。

やはり彼女は疲れているに違いない――よりいっそう怠《だる》そうな様子で、さらにジークへと言ってくる。

「ん……どうせあれは偽者《にせもの》。門番でもなんでもない。そういう輩《やから》は凍らせてポイするのが一番早い（ドヤッ）」

「まぁ、それが一番早いのは異論ない」

と、ジークはブランへと返す。

するとGOサインと勘違《かんちが》いしたに違いない。

ブランはジークへと言ってくる。

「ん……じゃあすぐにやる。上位氷魔法《まほう》《エンシェント――》」

「待て。無駄な魔力は使わなくていい。お前は少し休んでろ」

「まおう様がそう言うなら……休む。でも、他に何か手がある？」

「任せろ」

まず、あの門番（仮）が本物である確率はゼロだ。

理由は簡単――本物ならば値段を聞かれた時に『そうだなぁ、どれくらいがいいか』などと、ナンセンス発言はしたりしない。

その場で決めているのが見え見えだ。

（よって、クソ勇者に無理矢理《むりやり》働かされている一般人説《いっぱんじん》はなしだ。あいつはどう考えても、自発的に半ばカツアゲじみた行為《こうい》をしている）

ならば手加減無用。

疲れているブランのためにも、魔王流のスマートな解決策を見せればいい。

考えた後、ジークは門番（偽）のもとへと歩いて行く。

そして、ジークはアイリスとアハトを下がらせた後、門番ことカツアゲ男へと言う。

「わかった。言われた通り金を払わせてもらう。身内が駄々《だだ》をこねて申し訳なかった」

「なんだよ、話がわかるじゃねぇか」

と、ニヤニヤと不快な笑《え》みを浮《う》かべてくるカツアゲ男。

ジークはそんな奴へと、さらに言葉を続ける。

「ただ、金は持ち合わせがない。代わりと言っては何だが、そこに俺達の荷物がある――あれで勘弁《かんべん》してくれないか？」

「ん……あぁ、あの袋《ふくろ》か？　なんだよ、金目のもんでも入ってんのか？」

言って、カツアゲ男はジーク達から少し離れた場所へと歩いて行く。

そして、男は男にだけ見える袋を開くと――。

「な、なんだこれ⁉　ダイヤモンドじゃねぇか！　それもこんなに沢山《たくさん》⁉　マジかよ！　おいおいおいおいおいおい！　すげぇ、マジかよ⁉」

と、一人騒ぎ始める。
どうやらもう、ジーク達の事は眼中にないに違いない……故《ゆえ》に。
全てを理解し、ニヤニヤしているアイリス。
興味なさそうなブラン。
不思議そうなアハト。
ジークは彼女達《かのじょたち》を呼び、イノセンティアの門をくぐっていく。
なお、ユウナはというと。

「じ、ジークくん⁉　あの人に何かしたの？」

と、なにやら慌《あわ》てている様子。
彼女はたたっとジークの隣《となり》にやって来ると、そのまま言葉を続けてくる。

「だってあの人、急にその……お馬さんのその……えと、う○ちに手を入れて『ダイヤモンドだ』って」

「因果応報ってやつだ。悪事を働くからやり返される」

と、ジークはユウナへと返す。

するど、ユウナはなにやら納得した様子でジークへと言ってくる。

「やっぱり……いったい何をしたの？」

「精神操作魔法を使った。自分で言っていたが、今頃《いまごろ》あいつは『馬の糞《ふん》がダイヤに見えている』ことだろうな」

「だ、大丈夫なの？　その……ずっとそのままだったりは」

「ユウナは優《やさ》しすぎだ。まぁそこがお前のいいところだが――お前の心配のために言うが、答えは『大丈夫』だ」

「よかったぁ。悪い事をしているっていうのはわかるけど、改心のチャンスを与《あた》えられないのは、やっぱりかわいそうだからね！」

「あぁ、そうだな」

もっともこれから数時間後、精神操作魔法が解けた時。

あの男が自分のしていた事に気がつき、正気で居られるかは不明だが。

（キスしてからな、ダイヤ、ヤに）
さて、そうこうしている間にも巨大な城壁を越《こ》え。
見えて来たのはイノセンティア内部。
かつての聖都――聖獣が住まう光の都の現在は。
「なんだ、これは……っ」
最悪の魔境《まきょう》と化していた。
真っ先に目に入ったのは、道を行き交《か》う冒険者《ぼうけんしゃ》らしき男達。
彼等《かれ》の手にはリードが握《にぎ》られており、その先に繋《つな》がれているのは――。
首輪を付けられ、四《よ》つん這《ば》いで歩かされている狐娘族の少女達。
少女達は一様に沈《しず》んだ顔をしており、泣いている者から瞳を曇《くも》らせている者まで居る。
そして、冒険者達は少女の足が止まれば蹴《け》りを入れ、無理矢理歩かせている。
そんな冒険者は一人二人ではない――何人もいるのだ。
どう考えても異常な光景。
少なくとも、ミア縁《ゆかり》の地であるイノセンティアにあっていい景色ではない。
ジークは目の前の光景を否定したい一心で、視線を周囲に向ける。

するとと見えてくるのは。
狐娘族の少女を、男の欲望のはけ口にするための店の数々。
狐娘族を奴隷《どれい》として格安で売買している店の数々。
（嘘《うそ》だ……ありえない、さすがに……これはっ）
見れば見るほど出てくるイノセンティアの変わりよう。
平然と転がる死体。
夢遊病の様に歩く人間。
平然と行われる暴力。
犯罪、犯罪、また犯罪。
「何を……した」
ミアの平和の象徴に。
ミアを慕《した》い、ミアが慕った聖獣——狐娘族たちに。
「ふざけるな」
許せない。
ミアをここまで穢《けが》した、この街の勇者だけは絶対に。
（そうだ。たまには暴れればいい。昔の様に、我慢《がまん》などせずに——）

「ジークくん！　アハトさんの様子が！」

と、ジークの思考を裂くように聞こえてくるのはユウナの声。

見れば、アハトが道に倒《たお》れ込《こ》んでいたのだった。

第二章　見えざる魔の手

「ジークくん！　アハトさんの様子が！」

と、聞こえてくるのはユウナの声だ。

ジークはその声で、怒《いか》りの洪水《こうずい》から多少の平静を取り戻す。

(この街の勇者は依然《いぜん》として許せない。だけど、アハトの方が比べるまでもなく大事だ)

ジークは最後に一度、イノセンティアの現状を目に焼きつける。

そして、すぐさま振《ふ》り返り仲間達――アハトの下《もと》へと向かう。

するとそこでは。


「あ……ぅ」


顔を赤くし、呼吸が荒《あら》く、辛《つら》そうな様子のアハト。

彼女がユウナの膝《ひざ》の上に頭を置き、寝《ね》ころんでいた。

ジークは意識を集中させ、アハトの身体《からだ》をしっかりと確認《かくにん》していく。

（外傷は見られない。アハトに元から魔力がない以上、魔力の流れの異常などは考えに入れなくていい……となると、なんらかの病気か？）

しかし、それもおかしい。
イ、ノ、セ、ン、テ、ィ、ア、に、入、る、ま、で、は、アハトは元気だったのだ。
そしてそれも、やせ我慢をしていて『元気に見えた』といった様子ではなかった。

というか、それならばジークがすでに気がついているため、こんな事態にはならない。

（本当に突然《とつぜん》、容体が急変したのか？）

とりあえず、こうしてはいられない。

ジークはすぐにアハトへと駆《か》け寄る。

そして、ジークはアハトの傍《そば》に膝をつくと、彼女の頭を撫でながら言う。

「アハト、大丈夫《だいじょうぶ》か？」

「ん……ぁ。ジーク……っ、わた、しは――」

と、不安そうな様子で、額に汗《あせ》を滲《にじ》ませているアハト。

ジークはそんな彼女の不安を取り除くため、なるべく優しい口調で言う。

「辛かったら、無理して喋《しゃべ》らなくていい」

「すみま、せん……っ。なんだか、急に……身体の内側がっ……熱く、なって」

いったい何が原因なのだ。

ホムンクルス特有の症状《しょうじょう》かと一瞬《いっしゅん》考えるが、それはあり得ない。

(念のため、ミハエルが『アハトを錬成《れんせい》した際の資料』は隅々《すみずみ》まで読みとおした。こう言ってはなんだが、あいつの錬成はほぼ完璧《かんぺき》。魔力の欠落という一点以外は、芸術的センスと言ってよかった)

ダメだ、ジークの知識ではまるでわからない。

こういう時は専門家に聞くのが一番に違いない。

故に、ジークはユウナへと言う。

「ユウナ。回復魔法の使い手のお前から見て、アハトの症状はどうだ？」

「え、あたし!?」

と、一瞬戸惑《とまど》った様子を見せるユウナ。

しかし、彼女はすぐに調子を取り戻し、ジークへと言葉を続けてくる。

「ジークくんも考えたと思うけど、症状は風邪《かぜ》とかで出る熱に似てるかな」

「やっぱりユウナもそう考えたか」

「だけど、そんな一瞬で進行する風邪はないし。念のために上位回復魔法で――体力回復系と状態異常解除系、あと病気治癒《ちゆ》系を全種類かけてみたんだけど、どれも効果なかったから……ひょっとすると何か別の原因かもしれない」

「お、おぉう……」

上位回復魔法を知らない間に、それだけ連発してなおこの様子のユウナ。

ブランやアイリスですら、そんな事をすれば多少の疲労《ひろう》はみせるに違いない。

さすがは真の勇者の継承者《けいしょうしゃ》──恐《おそ》ろしい子だ。

「それで、思ったんだけど。アハトさんが不調な原因は、アハトさんの中にはないんじゃないかな」

と、ジークの思考を断《た》ち切る様に聞こえてくるユウナの声。

彼女はアハトを見つめながら、ジークへと言葉を続けてくる。

「すごいほんわかしか喩《たと》えをするけど──『常に気持ち悪くなる臭《にお》いを嗅《か》がされてる』感じ。それなら、吐《は》き気《け》を回復させても、またすぐに気持ち悪くなっちゃうし……って、そんなわけないよね？　ごめんね、変な事──」

「いや」

と、ジークはユウナへと返す。

そして、彼は彼女へとすぐさま続けて言う。

「ユウナの言う通りかもしれない」

「へ？」

「というか、むしろそれしか考えられない」

アハトはイノセンティアに入った瞬間《しゅんかん》に、急に体調を崩《くず》した。

それはつまり、イ、ノ、セ、ン、テ、ィ、ア、に、は、ア、ハ、ト、の、体、調、を、お、か、し、く、す、る、何、か、が、あ、る、という事だ。

要するに、ユウナが言った説明そのまま——外的要因という奴だ。

となると、それがいったい何かだが。

（結界や魔法陣《まほうじん》の類《たぐい》は感じられない。妙《みょう》な臭いは——多少の死臭《ししゅう》と腐敗臭《ふはいしゅう》がする程度で、これで体調を崩すと思えない）

なんだ。いったい何がアハトの体調をおかしくしているのだ。

と、ジークがそんな事を考えたまさにその時。

「なんだか、今のアハト……ん、アイリスに少し似てる」

と、聞こえてくるのはブランの声だ。

彼女はジトっとした様子で、ジークへと言ってくる。

「アイリスが夜、ベッドで息を荒らげてる顔にそっくり……いつもこういう顔してる」

「あぁ確かに！　魔王様を想像してイタす時は、いつもこんな感じで――って、な～に言わせてるんですか⁉　まぁ、別に恥《は》ずかしがる事は皆無《かいむ》ですけどね♪」

と、ブランに続いて聞こえてくるのはアイリスの声だ。

彼女は「魔王様ラブですよ、ラブ！」とキスを飛ばしまくってきている。

そして、ジークは一連の会話でピンとくる。

（今のアハトが夜のアイリスに似ている？）

今のアハトは顔を赤くし、呼吸を荒らげている。

そして、よく見ればなにやらもじもじしている。

「…………」

なるほど、確かに夜のアイリスに似ている。

と、ここでジークはとあることに思い至る。

それは――。

「まさか、発情しているのか？」

もっとも、アイリスは大抵《たいてい》いつも発情しているが……まぁそれはともかく。

だとすれば、ある意味話は簡単だ。

未《いま》だアハトが発情している原因は不明。

しかし、一時しのぎをする事はできる……その方法とは。

「ユウナ、ちょっとアハトを連れていくぞ」

「え、急にどうしたの？」

と、ジークの言葉に対し、ひょこりと首をかしげているユウナ。

一方、ジークの考えを理解したに違いないアイリス。

彼女はわーわー騒ぎながら、ジークへと駆け寄り言ってくる。

「エロを感じますよ！　ええそれはもう！　それはもう膨大《ぼうだい》なエロの波動を魔王様から、ビンビン感じますよ！」

「アイリス、頼《たの》むから少し静かにしろ」

と、ジークはアイリスへと言葉を返す。

すると彼女はどんどんテンションをあげながら、ジークへと言葉を続けてくる。

「アハトの治療《ちりよう》と称《しよう》して、アハトにエッチな事するつもりでしょうが！　正妻愛妻弁当のこのアイリスを差し置いて、アハトとエッチするなんて魔王様が許しても、この私——アイリスが許しませんよ！」

「アイリス……」

「え～～～んっ！　魔王様ぁああ～～～～～！　私も魔王様とエッチしたいですよぉ！」

「はぁ……」

「ほらほら！　この美味《おい》しそうなおっぱい、美味しそうなお尻《しり》……んっ、全部魔王様が食べていいんですよ♪」

ふりふり。

ふりふりふり。

と、お尻と悪魔尻尾《あくましっぽ》を器用に揺《ゆ》らすアイリス。

ジークの経験上、こうなったアイリスは絶対に引き下がらない――解決策は一つだ。

「わかったわかった。今日の夜、お前にも付き合うから今は見逃《みのが》せ」

「やたぁ～～～～～～～～～～～～～～～～～～～～～～～～～～～っ♪♪」

と、ジークの言葉に対し、悪魔羽をパタパタ嬉《うれ》しそうなアイリス。

とりあえず許可？　は得た。

ジークはアハトに肩《かた》を貸し、彼女を人気のない裏路地へと連れ込むのだった。

なお、ジークが肩を貸しただけで、アハトが身体を痙攣《けいれん》させていたことから。

（ブランの言う通り、発情しているで間違いないなこれは）


そうして場所は移って裏路地。

人気がなく薄暗《うすぐら》いため、アハトにそういう事をするならばもってこいだ。

だがしかし。

（今のイノセンティアの事を考えると、この場所にも普通《ふつう》に人がやってくる可能性がある）

ある意味ここは、表通りですら出来ない犯罪行為に持ってこいなのだから。

よって、ジークは精神操作魔法を使用——周囲の人がこの裏路地に近づかない様に操作する。

これで安全にアハトを介抱《かいほう》できるというものだ。

と、ジークがそんな事を考えたまさにその瞬間。

「ジークぅ……わ、たし……もうっ。ここ……熱くて、我慢……でき、なっ」

聞こえてくるのは、ジークが肩を貸しているアハトの声。

彼女は空いている片手を自らの股《また》へと持っていき――。
「んっ……ぁ。わたし……は、いきなり……どうして、こんなっ」
くちゅくちゅ。
くちゅくちゅくちゅっ。
と、蕩《とろ》けた表情を浮かべ一心不乱に快楽を貪《むさぼ》っている。
普段《ふだん》は冷静で、真面目な表情をしているアハト……それが今では。
「も……我慢できま、せんっ。ジーク……わ、たしはっ」
と、雌《めす》の顔で男を誘《さそ》う声を出すアハト。
彼女はジークを振り払い、壁《かべ》へと両手を突《つ》きよりかかる。
そして、彼女は立った状態のまま、ジークへとその尻を突き出してくる。
要するに、立ちバックの体勢だ。
「ジーク……おまえので、気持ちよくっ……滅茶苦茶《めちゃくちゃ》にして、いいですから……んっ」
言って、彼女は器用にパンツを下ろすと、すっかり無防備になった下の口を――。
くい、くい。
くぱっ、くぱぁ♪
と、手を使わずに動かし始める。

そして、その度にアハトの下の口からは、淫《みだ》らな蜜《みつ》が地面へ垂れ落ち、これまた淫らな染《し》みを作っていく。

もう一度言うが、これはアハトを介抱するための行為だ。

しかし、ここまでされれば男として乗らないわけにはいかない。

ジークはズボンを下ろし、自らの分身――股間《こかん》に聳《そび》える魔獣を取り出す。

「んっ……ぁ。ジーク……早く、おまえの大きいので……わたしのここっ、壊《こわ》して……気持ちよく、してっ」

と、再び聞こえてくるアハトの声。

準備はできた。

ジークはその声に応えるように、彼女《かのじょ》の腰《こし》を両手でつかむ。

そして、彼は突き出されているアハトの尻――そこから見える淫《みだ》らな蜜溢《みつあふ》れる下の口。

そこへと沿わせるように、己《おの》が魔獣《まじゅう》を一気に滑《すべ》り入れる。

その直後。

「ん、ぁあああああああああああああああああああああっ⁉」

びくびくびくっ。

と、身体を揺らしながら仰《の》け反《ぞ》るアハト。

それと同時――。

ぷしっ、ぷしゃっ。

と、ジークの魔獣に降りかかる淫らな雨。

そして、辺りに充満《じゅうまん》するのは発情した雌の香り。

「あ、ぅ……っ」

ぴくっ、ぴくんっ。

と、そんなアハトは足をふるふる、まるで産まれたての小鹿のようだ。

要するに、ジークがアハトの下の口をたった一擦《ひとこす》りしただけで、彼女は絶頂してしまったのだ。

（アハトは身体こそ成長しているが、産まれたばかりのホムンクルスだ）

性的刺激《しげき》に対する耐性《たいせい》が、元から少ないに違いない。

さらにアハトは、これだけ発情した状態からの刺激は初めてに違いない。

（まぁ、それは耐《た》えられるわけがないか……もっとも）

これで終わらせる気はない。

何度も言う――これは介抱だが、アハトの方からこうまで誘ってきたのだ。

男として、ジークだって我慢できないときはある。

「アハト」

「は、へ？」

と、未だに足をふるふるアハト。

彼女はジークの魔獣に支えられているような、惨《みじ》めな体勢でジークへ顔を向けて来る。

その顔は完全に蕩け切っており、口から涎《よだれ》も出てしまっている。

完全に色欲に溺《おぼ》れ、淫らに染まった女の顔だ。

ジークはそんなアハトの耳元に口を近づけ、彼女へと言う。

「誘ったからには、俺《おれ》の事もしっかり気持ちよくしてもらうぞ」

「ジー、ク……ちょっと、待――」

「行くぞ」

言って、ジークはアハトの言葉を断ち切る。

そして、彼は問答無用とばかりに、改めてアハトの腰をガッチリホールドし。

パァンっ！

と、ジークは再度魔獣をもって、アハトの下の口を責める……同時。

「んにぃいいいいいいいいいいいいいいいいいいいいいいいいいいいいいっ⁉」


ぷしっ、ぷしゃっ。

ガクガクと足を揺らし、へたり込みそうになるアハト。

そんな彼女の太ももの内側は、ツゥ～っと淫らな水が幾筋《いくすじ》も垂れ流れている。

アハトはまたも達したに違いない。

しかし、ジークは……否、ジークの魔獣が彼女をへたりこませたりしない。

ジークは魔獣でアハトを支えたまま、魔獣を以《もっ》てアハトの下の口を責め続ける。

パンッ、パンッ。

「っ……ぁ⁉　ジー、クっ――わ、たし……こわ、れっ」

その度に聞こえてくるアハトの声。

パンッ、パンッ、パンッ！

「だ、め……です。なにか――これ以上、来たら……わ、たし……おかしく、何か――なにかが、奥《おく》から……熱いのがっ」

イヤイヤと、少女のように頭をふり始めるアハト。

しかし、それとは対照的にアハトの下の口からは、淫蜜《いんみつ》が飛び散っている。

きっと、彼女は何度も絶頂しているに違いない。

そして、その度にどんどんと、絶頂の波が高くなっているに違いない。

「じ、ジーク……く、る——本当に何かが……だから、やめっ」

と、涙《なみだ》ながらに言ってくるアハト。

しかし言葉とは裏腹に、彼女は彼女でジークに合わせ、必死に腰を振ってきている。

アハトがどうして欲《ほ》しいかは明白だ——ならば、魔王《まおう》としてそれに応えるのが義務。

故にジークはラストスパートをかける。


「あ、ん——っ。ジーク、そこ……わた、しの——んぁ⁉」


ピクンっと、身体を揺らすアハト。

ジークがアハトの腰から手を離《はな》し、その手を彼女の胸へと持っていったのだ。

ジークの手に伝わるのは、もちもちと柔暖《やわ》かく、しっとりと汗ばんだ肉の感触《かんしょく》。

ジークはそれを存分に揉《も》み解《ほぐ》しながら、腰の動きをどんどん速めていく……すると。

「は、ぁ——っ。ん……ぁ、ジーク……も、助け——何も、わからな……っ！」

と、ジークが腰を突き入れる度に、身体を痙攣させ息も絶え絶えな様子のアハト。

彼女は口と、下の口から淫らに涎を垂らしながら、子供が駄々をこねるように言ってくる。

「が、まん……できなっ。もう、もうわたし——わ、たしはっ！　ジーク、ジーク……好き、です……わたし、おまえのことが！　おまえのこと——っ！」

「あぁ、俺も好きだぞアハト」

「わたしの……っ、頭……バカにして、わたしの事……んっ。も、バカになってりゅ、けど……もっと、滅茶苦茶に……わたしの、奥の——んぁ⁉　あ、あちゅいの……解き放って、っ」

きゅっ、きゅっ、きゅん♪

と、アハトは器用な事に下の口でジークの魔獣をはむはむ挟《はさ》んで来る。

ジークはそんな彼女の行為が、なんとも間抜《まぬ》けで、なんとも可愛《かわい》らしくて、なんとも淫らで——。

(俺ももう、我慢できそうにないな)

ジークは考えた後、さらに腰の速度を速めていく。

パンッ、パンッ、パンッ、パンッ。

「あ〜〜〜〜〜っ⁉」

パンパンパンパンパンパンパンパンパンパンッ。

「っ……き。おまえの——っ、こと……んぁ⁉　好、き……っ！」

きゅっ、きゅっ、きゅっ、きゅん♪

またも下の口を動かしてくるアハト。

本当に可愛らしい少女だ……。

「行くぞ、アハト！」

「あ、ん……っ。お、おまえの……わ、わたひ、に——っ、いっぱ、い……っ！」

聞こえてくるアハトの声。

ジークはそれに合わせ、彼女の両胸——そのサクランボを捻《ひね》り上げる。

同時、彼は全力でアハトの下の口を魔獣で擦り上げる……直後。


「〜〜〜〜〜〜〜〜〜〜〜〜〜〜〜〜〜〜〜〜〜〜〜〜〜〜〜〜〜〜〜〜〜〜っ！」


と、何かに耐えるように身体を震《ふる》わせながら、声にならない声を上げるアハト。

同時、ジークの魔獣から解き放たれる白濁《はくだく》光線。

一方、その直撃《ちょくげき》を腹に受けたアハトはというと。

「ぁ……ぅ」

ぷし、ぷしゃっ。

と、またも絶頂してしまう。しかも、今度はそれだけではなかった。

「み、ないで……ジー、クーーっ」

ちょろ、ちょろちょろ。

ちょろろろろろろろろっ♪

と、お漏《も》らしまでしてしまうアハト。

きっと、よほど気持ちよかったに違《ちが》いない。

（満足させられたなら何よりだ）


そうして、時は数分後。

「もう大丈夫かアハト？」

「はい。おまえのおかげで、すっかり身体は落ち着きました」

と、ジークの言葉に返してくるのはアハト。

ジークはそんな彼女と、裏路地から表通りへと歩いてきていた。

無論、そこに残しているアイリス達と合流するためだ。

「それにしてもジーク！　おまえはやりすぎです！」

と、再び聞こえてくるアハトの声。

彼女は頬《ほお》を赤く染め、ぷくっと頬を膨《ふく》らませてジークへと言ってくる。

「やめてと言ってもやめてくれないせいで、わたしはあんな――お、おまえの前でその……も、漏らす事にっ！」

「でも、よかったんだろ？」

「ぅ……そ、それは――っ、ええい！　それとこれとは別です!!」

と、わーわー言ってくるアハト。

まったく、可愛らしい奴《やつ》だ。

と、ここでジークはとある事に気がつく。

「ん……なんだ？　通りがさっきよりも慌ただしいな」

「コロシアムですよ！」

と、一際耳《ひときわ》に響《ひび》いて来る元気なアイリスの声。

見れば、近くにアイリス率いる仲間達が立っていた。

きっと、ジークがアハトと話している間に、向こうから見つけてくれたに違いない。

ジークはそんなアイリスへと言う。

「コロシアム？　何か催し物《もよおもの》でもあるのか？」

「いや、そこまでは聞いていません！」

と、返してくるアイリス。

彼女は悪魔尻尾をふりふり、ジークへと言ってくる。

「奴隷になってる聖獣《せいじゅう》（笑）がエッ！　な目に遭《あ》わされているのを眺《なが》めて、自分を慰《なぐさ》めるので精一杯《せいいっぱい》だったので♪」

「お前な……」

アイリスに期待したジークがバカだった。

ジークは耳を澄《す》ませ、周囲の会話に意識を傾《かたむ》ける。

…………。

…………。

…………。

「なるほど、わかった。どうやら、コロシアムで奴隷を使った催し物があるらしい」

「え、この一瞬でそんな事を聞き取れたの？　こんなに周りがうるさいのに⁉」

「ん……さすがまおう様。飛び交う人の声の中から、決まった情報だけ抜《ぬ》き取るなんて普通できない」

と、ジークの声に続けて聞こえてくるのはユウナとブランの声。

まぁ要するに、彼女達《かのじょたち》が言った通りの事をした。

そして、ジークにとってそんな事は、息をするよりも簡単にできる。

なにはともあれだ。

「この街の勇者に関する情報が何もないし、アハトの件もとりあえず対処できた。情報を集めにコロシアムに向かうぞ」

催し物と呼ばれるほどのものだ。

きっと、イノセンティアに居る多くの人が集まっているに違いないのだから。

（それに運が良ければ――イノセンティアを滅茶苦茶にし、ミアの名を穢しまくっているクソ勇者本人と会う事も出来るに違いない……そうなったときは）

容赦《ようしゃ》など絶対にしない。

第三章　呪術師《じゅじゅつし》

時はあれから数分後。

現在、ジーク達はコロシアム前へとやってきていた。

コロシアムは円形の木造建築であり、所々に朱色《しゅいろ》の模様。そして、何やら太い縄のようなもので飾《かざ》りつけが施《ほどこ》されている。

(本来このコロシアムは、コロシアムなんて名前じゃなかった——たしか昔の名前は祭事場だったはず)

その名の通り、祭り事がある際に使用する施設《しせつ》だ。

五百年前——ジークに勝利するための祭りを、人間達がここでしていたのを覚えている。

そしてきっと、ジークが倒された後は『勝利の祭り』をここで開いたに違いない。

(多くの人から主役として担《かつ》ぎ上げられて、困った顔をしているミアが目に浮《う》かぶな……だからこそ)

この街の勇者は許せない。

ミアの勝利を——平和の始まりを象徴《しょうちょう》する場所を、血なまぐさいコロシアムにするなど。
イノセンティアを荒《あ》らした事に加えて万死《ばんし》に値する。

「ジークくん、手から血が……っ！」


と、ジークの思考を断ち切る様に聞こえてくるのはユウナの声。

見れば彼女の言う通り——彼《かれ》の手から地面へと、血がぽたぽたと垂れ落ちている。

ジークは回復魔法《まほう》でその傷をすぐに治した後、ユウナへと言う。

「すまん。ちょっと色々考えていたら、うっかり力が入ったみたいだ」

「……大丈夫？」

「そんなに心配そうな顔をするな」

と、ユウナの言葉に対し、ジークがそう言った瞬間。

コロシアムから沸《わ》き上がる歓声《かんせい》——きっと、試合が始まったに違いない。

故《ゆえ》にジークはユウナへと言うのだった。

「情報を集めるなら、人がコロシアムに集まっている間だ。試合が終わったら、みんな帰り出すだろうからな。もう一度言うが俺は大丈夫、だから早く行こう」

そうしてやって来たのはコロシアム内部。

コロシアム内部はすり鉢《ばち》状になっており――中央に闘技《とうぎ》台、それを囲むように観客席が設けられている。

ジーク達がやってきたのは、観客席の部分だ。

「闘技場《とうぎじょう》で戦っているあれは四足の翼竜《よくりゅう》、ですか？」

「ん……竜族《りゅうぞく》の中でもかなりの上位種。ブランと同じルナフェルト族……あれは亜種《あしゅ》だけど」

「あは♪　もう片方は聖獣（笑）こと、狐娘族《ここぞく》じゃないですか！」

と、聞こえてくるのはアハト、ブラン、そしてアイリスの声だ。

中でも最後者、アイリスはジークへと抱《だ》き着いて来ると、そのまま言葉を続けてくる。

「狐娘族と魔物《まもの》を戦わせる……要するに、これ自体が見世物なんですよね？」

「あぁ、狐娘族はかなりの身体能力を持っている。そんな奴らが、強力な魔物――しかも竜族と戦うとなれば、人間からしてみれば相当心躍《おど》るだろうからな」

と、ジークはアイリスへと返す。

もっとも——ジークが横を見ると、そこに居るのはユウナ。

彼女は苦しそうな様子で、祈《いの》るように闘技台に視線を向けている。

ユウナの様に優《やさ》しい人間には、この催し物はまるで心躍らないに違いない。

(俺も心優しい……とは言わないが。正直、俺もこの催し物が下劣《げれつ》としか思えないな)

理由は先ほどいったミア関連。

あとは奴隷《どれい》と魔物を戦わせ、それを見て喜ぶ矮小《わいしょう》さが気に喰《く》わない。

(ただ、気になることもある……ここに居る人間達の目は、なにか狂気《きょうき》に囚《とら》われている様な——理性を失っているような目をしている)

ジークには漠然《ばくぜん》と、そんな風に感じられるのだ。

などなど、ジークがそんな事を考えていたら。


「あは♪　人間じゃない私も、すっごい心躍りますよ！」


と、さすがのアイリスはブレないようだ。

彼女はるんるんした様子で、ジークへと言葉を続けてくる。

「見てくださいよ、あの狐娘族を！　ほら——あの黒髪《くろかみ》ポニーテール、気が強そうな目！

にもかかわらず、奴隷服を着ているアンバランス！　くぅうう～～～～！　あれが竜に負けて犯《おか》されるとか、ぐっと来ますよ！」

「いや、負けるとは限らないぞ」

と、ジークはアイリスへと返す。

するとアイリスはすぐさま、ジークへと言ってくる。

「え～～～～っ！　だって、あの狐娘族もうボロボロですよ!?　負けるに決まってるじゃないですか！」

「まぁ見てろ。そうすれば結果はすぐにわかるんだからな」

もっとも、だいたいはアイリスの言う通りだ。

竜と戦っている狐娘族の少女は、至るところから血を流し、今にも倒《たお》れそうなのだから。

さらに相手は劣種《れっしゅ》とはいえ、ブランと同じくルナフェルト族――しかも無傷だ。

しかし、ジークにはわかる。

あの少女は微塵《みじん》も諦《あきら》めた様子がない。それどころか、何かを狙《ねら》っているように見える。

要するに、目が死んで居ないのだ。

（俺の経験上、そういう奴は必ず最後にやってくれる。毎度毎度、ミアがそうだったからな）

今でも思い出す。

死にかけまで追い詰《つ》めたミアが、不屈《ふくつ》の闘志《とうし》でジークに迫《せま》って来た様を。

(それで何度も逆転されたのも……今となっては、いい思い出だ)

現代勇者に見習わせてやりたい。

と、ジークが考えたその時。ついに闘技台の上で動きがある。

竜から迸《ほとばし》る凄《すさ》まじい殺気、拡大する竜の魔力《まりょく》――直後。

竜の口から放たれたのは、凄まじい魔力を孕《はら》んだ火炎《かえん》。

空気を焼け焦《こ》がし、闘技台を溶解《ようかい》させる煉獄《れんごく》の炎《ほのお》。


さすがは腐《くさ》ってもルナフェルト族。

氷を操《あやつ》る突然《とつぜん》変異種であるブランには到底《とうてい》及《およ》ばないが、その火力は申し分ない。

きっと、このコロシアムに居る誰《だれ》もがおもったに違いない。

『この勝負はあの竜の勝ちだ。あの奴隷は炎を躱《かわ》せず、骨も残さず消え失《う》せるだろう』と。

「さぁ……ミアと共に俺を倒した誇《ほこ》り高き一族、その末裔《まつえい》たる力を見せてみろ」

と、ジークが一人呟《つぶや》いた直後、狐娘族の少女は突っ込《こ》んだ。

避《さ》けることなく、決して怯《ひる》むことなく――竜の豪炎《ごうえん》に真正面から。

その速度の凄まじさたるや、彼女が踏《ふ》み込んだ闘技台を爆散させるほどだ。

同時、ざわめく場内。

きっと、少女のあまりの速度故《ゆえ》に、観客はなにが起きているのかわからないに違いない。

そして、それは竜も同じに違いない――なんせ火炎を未だに吐《は》き続けているのだから。

「姿が見えなくなった時点で回避《かいひ》すれば、まだなんとかなったろうが……終わったな」

ジークがそんな事を呟いた瞬間、ついに狐娘族の少女の姿が現れる。

それも、竜のすぐ傍《そば》――その胸元《むなもと》付近。

彼女は突き進《すす》んだのだ。

身体《からだ》の前面にありったけの魔力の障壁《しょうへき》を展開し、高熱の炎の中を勝利のみ信じて。

とはいえ、彼女の身体はいたるところが焼け焦げ、立っているのが不思議な状態。

しかし、彼女から迸る裂帛《れっぱく》の闘気は、ジークの下まで伝わってくるレベル……直後。

「はぁあああああああああああああああああああああああああああっ！」

と、少女から放たれたのは、コロシアムを揺らす程《ほど》の気合いの声。

同時、彼女は右手を引き絞《しぼ》り、それを弓の様に解き放つ。

……………。

……………………。

…………………………。

コロシアム全体を包む、一瞬《いっしゅん》の静寂《せいじゃく》。

見れば、闘技台に残っているのは狐娘族の少女のみ。

対戦相手であったルナフェルト族劣種の竜は、場外――壁にめり込む形で気絶している。

勝者が決まった瞬間《しゅんかん》だ。

「「「「「「うぉおおおおおおおおおおおおおおおおおおおおおおおおおおおおおおおおおおおおおおっ！！！」」」」」」

響き渡《わた》る大歓声《だいかんせい》。

コロシアムの全員が立ち上がり、少女を褒《ほ》めたたえている。

しかし、それは健全な祝福ではない。

（観客が握《にぎ》りしめているあの紙……金でも賭《か》けてるのか？）

見れば、少女が勝った事に対し罵倒《ばとう》を飛ばしているものもいる。

どうやら、ジークの見立てで正しいに違いない。

（あの狐娘族の勇気ある戦いに、金を持ち込むとは……ただただ不快だな）

ジークがそんな事を考えている間にも、気絶した竜は運ばれていく。

そして、狐娘族の少女は体力の限界がきたに違いない――闘技台の上でへたりこんでしまう。

なんにせよ、試合はこれで終わりのようだ。

情報を集めるなら次の試合が始まるこのインターバルの――。

『これより続けて、第二回戦を始める！　次の魔物は様々な街を荒らした末、ようやく捕《ほ》獲《かく》された大鬼《おおおに》オーガ！　それに挑《いど》むはぁあああああ――!!』

と、コロシアムに響き渡るのは魔力で拡大された男の声。

奴はコロシアムの全員に向け、さらに言葉を続けてくる。

『先ほどの戦いで竜族に大健闘《だいけんとう》!! 狐娘族の少女――八重《やえ》だぁああああああああああああああああああああああああああああああっ！』

同時、再び盛り上がるコロシアム内。

しかし、闘技台にいる少女――八重は離れた位置からわかるほどに顔面蒼白《そうはく》。

そんな彼女は必死な様子で、どこかにいるに違いない声の主である男に訴《うった》える。

「約束が違う！　八重はこの戦いに勝てば、自由になれると約束された！　だから八重は頑張《がんば》ったんだ！　おまえは……おまえ達は八重との約束を破るのか⁉」

『はい……と、申しておりますが！　観客の皆様《みなさま》はどう思いますかぁ⁉』

と、おどけた調子で返す男。

それに対し――。

「「「戦え！　戦え！　戦え！　戦え！　戦え！　戦え！　戦え！」」」

と、響き渡る会場からのコール。

それに気を良くしたに違いない男は、八重へと言う。

『いいか？　お前には戦う道しか残されてないんだよ！』

「そんな――でも、八重には約束が！」

『約束？　そんなのしたか？　っていうか、奴隷との約束なんて守るわけねぇだろ……ぶふ……っ、ぎゃはははははははははははははははははははっ！』

「っ……嫌《きら》い、だ。人間なんて大嫌いだ！」

と、泣きながら立ち上がる八重。

同時、八重が居るのと反対にある門から現れたのは、巨大《きょだい》な鬼──筋肉と強靭《きょうじん》な外皮の鎧《よろい》を持つオーガだ。

オーガは格としては先の竜よりも弱いが、今回はもう八重がボロボロ。

勝ち負けはすでに付いている──確実に八重は負ける。

「ジークくん！」

と、聞こえてくるユウナの声。

彼女は何やら必死な様子で、ジークの事を見つめてきている。

ジークにはユウナが言いたい事など、いちいち聞かなくてもわかる。

故に彼はユウナを一撫《な》でした後。

「安心しろ」

言って、ジークは闘技台の方を見る。

するとそこではすでに、オーガが八重めがけ拳《こぶし》を振《ふ》り下ろそうとしているところだった。

一方の八重は身を守るように、身体の前で腕《うで》を交差させるのみ。

あれではオーガの巨体《きょたい》から繰《く》り出す攻撃《こうげき》で、一撃《いちげき》で死んでしまうに違いない。

そしてそれはコロシアムの誰もが、素人目《しろうとめ》にみても理解したに違いない……だが。

「この催しを誰が考えたか知らないが、勝者への配慮《はいりょ》が――敬意が欠けている」

オーガの拳は八重には届かない。

理由は簡単――ジークが闘技台に一瞬のうちに降り、八重とオーガの間に割《わ》り込んだからだ。そしてそのまま、彼が迫りくるオーガの拳を片手で簡単に止めたからだ。

ジークはため息一つついたのち、オーガへと言う。

「誰に拳を向けているか、お前はわかっているのか？」

「ァ……グッ」

と、戸惑《とまど》った様子のオーガ。

ジークはそんなオーガへと、さらに言葉を続ける。

「五百年前より魔物の知能が低下しているのは把握《はあく》している。しかし、俺が誰であり……俺が何を言っているかくらいはわかるだろう」

「マオ……ゥ。ワレラ……ノ、オウ……ッ」

「矮小な人間などに従うな――お前は誇りあるオーガだろ。こんな街に居るべき存在ではない。そんな事もわからないのか？」

言って、ジークはもう片方の手をコロシアムの壁《かべ》へと向ける。

そして、彼は周囲の空気が赤熱するほどの魔力球を放ち、そこに大穴を空けたのち、オーガへとさらに言う。

「行け。魔物として、オーガとして誇り高く生きろ――常に強くあれ」

「ホ、コリ……ツヨ、ク」

と、理解したのかしていないのかオーガ。

奴はジークに一礼したのち、コロシアムから走り出ていく。

同時、『オーガが逃《に》げた』と大混乱になるコロシアム――ジークの知ったことではないが。

「でだ、大丈夫《だいじょうぶ》か？　八重とやら」

「う、そだ……お、まえは――この感じ、本物……の？　あ、ありえな――っ」

と、ジークの言葉に返してくるのは八重だ。

かわいそうに、彼女はすっかり怯《おび》えてしまっているに違いない――じりじりと後ずさり、どんどんジークから離れていくのだから。

きっと、オーガに殺されかけたのが怖《こわ》かったに違いない。

などなど、ジークがそんな事を考えていると。

「おい！　八重、てめぇ……いったい何をしている⁉」

と、聞こえてくるのは男の声。

見れば、コロシアムの隅《すみ》から闘技台へ向け、一人の男が歩いてきている。

声の感じからして――先ほどまで、魔力を使ってコロシアム全体に声を響かせていた男に違いない。

そんな男は、ジーク達の方へと近づいて来るとジークを一睨《ひとにら》み……八重へと言う。

「さっさとこっちに来い！　試合を滅茶苦茶《めちゃくちゃ》にしやがって……てめぇはお仕置きだ！」

「嫌《いや》だ！」

と、間髪《かんはつ》を容《い》れずに返す八重。

彼女《かのじょ》は男を睨みながら、さらに言葉を続ける。

「約束を破る人間なんかに、もう八重は従わない！」

「ったく、つくづくバカな連中だな――狐娘族ってのは」

「八重も、八重の一族もバカじゃない！」

「いいやバカだね。何度仕置きしても、てめぇはこいつの存在を忘れて、反抗的《はんこうてき》な態度を取るんだからな」

言って、男は八重へと手を翳《かざ》す。

直後。

「っ……ぁあああああああああああああああああああああああああああっ⁉」

両手で身体を押《お》さえるようにし、苦しみ始める八重。

彼女は立っているのも辛《つら》いに違いない――地面へと倒れ込み、一際もがき苦しむと。

「ぁ……っ」

と、やがて静かになる八重。

生きてはいる――戦闘《せんとう》の疲《つか》れと、男の行いのせいで気絶したに違いない。

ジークはそんな八重を見た後、男へと言う。

「呪術《じゅじゅつ》か。首に刻んでいる《隷呪》に魔力を流すと、刻まれている者を苦しめる呪《のろ》いが発動する……ってところだろ？」

「なんだてめぇは？」

と、質問に質問で返してくる男。

奴はそのまま、ジークへと言葉を続けてくる。

「あぁ、そう言えばそうだ——そもそもてめぇが、試合を滅茶苦茶にしたんだったなぁ？」

「八重は正々堂々と魔物と戦い、勝ちをもぎとった。そんな彼女との約束を守らなかっただけでなく、呪術で苦しめるなどどういう神経をしている？」

「はっ！　偉《えら》そうにしやがって！　勝手に闘技台に入って試合を壊《こわ》したてめぇにも、この俺《おれ》様の呪術を味わわせてやるよ！」

「…………」

ダメだこいつ、話がかみ合わない。

どうやらこの男は、ジークの質問に答える気がないに違いない。

ならばジークにも、考えがある。

「アイリス！」

「はいはい！　呼ばれて飛び出てアイリス、ただいま参上しました！」

と、ジークの言葉に対し、悪魔《あくま》羽をぱたぱた迅速《じんそく》に彼の方まで飛んできてくれるアイリス。

ジークはそんな彼女へと言う。

「この狐娘族——八重をユウナのところまで運んで、治療《ちりよう》させてやってくれ」

「え、やですよ！　裏切者の狐娘族なんか、死んでも触《さわ》りたくないんですけど！」

「俺の頼《たの》みでもか？」

「え〜〜〜！　卑怯《ひきよう》ですよ、その言い方！　もう……仕方ないですね、付けですからね！

エッチで今日の夜支《し》払《はら》いですからね！」

「あぁ、助かる——ありがとう、アイリス」

「くっ……これが惚《ほ》れた弱みかっ！」

と、ぶつぶつ言いながらも、丁寧《ていねい》な様子で八重を運んでいくアイリス。

ジークがその様子を見ていると。


「おいてめぇ、八重は俺様の奴隷だぞ！　勝手に持っていくな！」


と、聞こえてくる耳障《みみざわ》りな男の声。

奴はとうとう、勝手に募《つの》らせている怒《いか》りが限界にきたに違いない。

男はジークを睨み付けながら言ってくる。

「てめぇはもう殺す、覚悟《かくご》しておけ」

「そうか。ならば付き合ってやろう。さぁ、存分にやってみるがいい」

「はっ、舐《な》めてんじゃねぇよ！　俺様が誰だか知っているのか？」

残念ながら、ジークに心当たりはない。

故にジークは黙《だま》って男に先を促《うなが》してやる。すると男はジークへと言ってくる。

「俺の名は冒険者《ぼうけんしゃ》ラムザ！　この街の勇者であり、最強の呪術師であるウルフェルト様の一番弟子《でし》！　世界第二位の呪術師にして、国堕《お》としの異名を持つ者！」

「国堕とし？」

「おおよ！　呪ってやったのさ！　ウルフェルト様にたてついた国を丸ごとな！　もちろん、俺様一人でだぜ⁉」

「で？」

「あれは楽しかったぜ！　国民全員がどんどん衰弱《すいじゃく》していってよ、六千人くらいが死んだんだ——俺様の呪いで！　最後に泣きついてきた国王の顔と来たら——ぎゃはっ！」

「お前がクズなのはわかった。でだ……お前は強いのか？」

「それは今から見せてやるよ。どっちがクズなのかも、一緒《いっしょ》に教えてやるぜ！」

言って、ジークへと手を翳してくるラムザ。

彼は五分ほど隙《すき》だらけでたっぷり詠唱《えいしょう》を続けた後、ジークへと言ってくる。

「くらえ、我《わ》が奥義《おうぎ》——下位呪術《デッドエンド》！」

瞬間。

ジークの周囲を黒紫《くろむらさき》の魔力が漂《ただよ》いだす——呪いが可視化したものだ。

（なるほど。言うだけあって、下位呪術にしてはそれなりの密度だな。さっきのオーガはもちろん、八重が倒したルナフェルト族亜種であってもこれは——）

「はっはぁあああああ〜〜〜〜〜〜〜〜〜〜〜〜〜〜〜〜〜〜〜〜〜〜〜〜っ！」

と、ジークの思考を断《た》ち切るように響くラムザの笑い声。

ラムザは両手の指を立てながら、ジークへと言葉を続けてくる。

「てめぇを呪ったぁ！　そして、て、て、て、て、てめぇはあと十秒で死ぬ！」

「ほう、おもしろい——やってみろ」

「上等だ！　ビビッてるてめぇに代わって、俺様がカウントしてやらぁ！」

と、勝ちを確信した様子のラムザ。

奴はどんどんカウントを続けていく。

「十、九、あぁ……死ぬ、死ぬぞおい！　ひゃはっ……おら、もうあと七秒！」

よほど楽しいに違いないラムザ。

奴は涎《よだれ》を垂らしながら、笑いながらジークへと言葉を続けてくる。

「六、五！　おら死ねぇえええええええええええっ！　あと三びょ――」

と、不自然に止まるラムザの声……そしてそれと同時。


ドゴォオオオオオオオオオオオオオオオオオオオオンッ‼


稲妻《いなずま》が落ちる様な音と共に崩《くず》れ落ちるコロシアムの外縁部。

「おいラムザ、カウントダウンはどうした？」

しかし、ジークのそんな言葉に対するラムザの声は返ってこない。

故にジークはラムザへと続けて言う。

「仕方ない。代わりに俺がカウントダウンをしてやろう――たしか、三からだったな」

言って、ジークは指を三本たて。

ゆっくりとカウントダウンしていく。

「三……二……一……んっ？　おかしいな――もう十秒たったが、俺は生きているように感じるが。おいラムザ、黙っていないで答えてくれ。俺はなんで死んでいないんだ？」

しかし、やはりラムザからの言葉は返ってこない。

けれどそれは仕方のないことだ。

ラムザは現在、コロシアムの壁にめり込んで沈黙《ちんもく》しているのだから。

要するに、ラムザが先ほど『三』をカウントしようとした段階で……ジークが光の速度でラムザをぶっとばした。

待つのが面倒《めんどう》になったジークは、ラムザの顔面を軽く小突《こづ》いてやったのだ。

結果が現状だ。

死んでいるのか生きているのか——ラムザはコロシアム外縁部までふっとんで、妙《みょう》なポーズで壁へと深く深くめり込んでいる。

ジークはラムザが生きていると仮定して、そんな奴へと言う。

「まず、敵の前で詠唱に五分も使うな！　十秒で死ぬ呪術は確かにすごいが、交戦中の十秒は致命的《ちめいてき》な遅《おく》れだ——せめて逃げ回るなり、隠《かく》れるなりしろ！　そしてなにより、本当に自分の呪術が相手に効いているのか、しっかりと確認《かくにん》しろ！」

先ほどのラムザの呪術、実はそもそもジークに届いていなかったのだ。

理由は簡単――ジークには全ての攻撃を無効化する《障壁》があるのだ。

そして、その《障壁》を無効化できるのは、《ヒヒイロカネ》を用いた攻撃のみ。

当然、ラムザは《ヒヒイロカネ》を持っていなかった。

「論外だ、断言してやる。力量も測れないどころか、現状認識《にんしき》能力すらないお前は、八重を奴隷にしていい器じゃない」

「…………」

と、やはり何も言って来ないラムザ。

奴《やつ》の弱さも、奴の糞《くそ》みたいな性格も、なにもかもが不愉快《ふゆかい》だ。

そして、その不愉快さを上回るのは。

「居るんだろ。降りて来い、この街の似非《えせ》勇者――ウルフェルト！」

第四章　不死身の男

「居るんだろ。降りて来い、この街の似非勇者――ウルフェルト！」

言って、ジークは観客席を指さす。

そこから感じたのは、この時代に相応《ふさわ》しくない凄まじい魔力。

その魔力はブランを完全に凌駕《りょうが》している――どころか、ジークにすら匹敵《ひってき》している。

そして何より、それに比例するかのように歪《いびつ》な魔力。

（吐《は》き気《け》がする……どうやったら、こんなに腐りきった魔力を放てるんだ？）

五百年前も含《ふく》め、あらゆる意味で最強クラスの魔力と存在感。

とくれば、その持ち主が誰かなど決まりきっている。

などと考えた後、ジークが観客席の一方を睨んでいると。

「さすがは魔王《まおう》。オレがここに居ると、よく気がついたなぁ！」

聞こえてくるのは野太い男の声。

同時、ジークが見ていた方から飛んできたのは、巨大な斧《おの》。

それは凄まじい轟音《ごうおん》と速度で、ジークの少し前へと突《つ》き刺《さ》さる。

その直後。


響《ひび》き渡る爆音《ばくおん》。

大地を揺《ゆ》るがす程の振動《しんどう》。

立ち上る大量の砂埃《すなぼこり》。


「面倒な演出を……」

言って、ジークは片手で振り払《はら》う。

すると周囲に舞《ま》っていた砂埃は消え去り、開けていく視界。

見えてきたのは――。

（ほう……なかなかやるな。この感じからして、大分手加減しているのが見て取れる――だとすると、魔力だけじゃなく力も俺に匹敵している、か）

見えてきたのは、粉々になった闘技台――剥《む》き出《だ》しになった大地。

さらに、斧が突き刺さった場所を中心に、縦横無尽《じゅうおうむじん》に奔《はし》る亀裂《きれつ》。

そして、いつの間にやらその隣《となり》に立っていたのは。


「お呼びいただいて光栄。もうわかってるだろぉが、オレがこの街の勇者——呪術師ウルフェルト・ザ・カース二世だ」


身長は200㎝を軽く超《こ》え。

露出《ろしゅつ》の多い服から覗《のぞ》くのは、ガッチリと膨《ふく》れ鍛《きた》え上げられた褐色《かっしょく》の筋肉。

そしてそれに相応しい荒々《あらあら》しい赤の長髪《ちょうはつ》と、獣《けもの》のような歯。

片方は眼帯によって隠されているが、その瞳《ひとみ》は血に飢《う》えているように見える。

ジークはそんなウルフェルトへと言う。

「勇者にも呪術師にも見えないな。どう見ても狂戦士のそれだ」

「はっはぁ〜〜〜〜〜〜〜〜〜っ！　面白《おもしろ》れぇことを言いやがる！　機会があれば、今度ゆっくり話でもしたいもんだなぁ？」

言って、背丈《せたけ》を超える程大きな斧を軽く地面から引き抜《ぬ》くウルフェルト。

ジークはそんなウルフェルトへと続けて言う

「俺はお前みたいな奴と話したくはない――だが、これだけは聞いておきたい」

「なんだよ、魔王？」

「この場所は――イノセンティアはミアの街だ。ミアの平和の象徴、あいつの墓標と言っても過言ではない」

「あぁ、だからなんだ？」

「それだけじゃない。この街に暮らす狐娘族《こぞく》は、ミアと共に人間のために戦った偉大《いだい》な戦士の一族――故に彼女達《かのじょたち》は聖獣と呼ばれている」

「おいおいおい、だからなんだ？　結論を言えよ魔王、オレは回りくどいのが嫌いなんだ」

なるほど、ならば問答はやめだ。今すぐに結論を言ってやる。

「イノセンティアを――ミアと狐娘族を穢《けが》したお前は、絶対に許しはしない」

言って、ジークは片手をウルフェルトへと向ける。

そして、発動させるは――。

「上位闇魔法《やみまほう》《エクス・ルナ・アポカリプス》」

直後、ジークの手から放たれたのは、膨大《ぼうだい》な魔力を圧縮して作った極小の闇《やみ》の球体。

それは凄まじい速度でウルフェルトへと向かっていき――。

「はっ……ガッカリだぜ。この程度かよ、魔王っ！」

言って、斧を振りかぶるウルフェルト。

奴は斧に膨大な魔力を纏《まと》わせたのち、それを件《くだん》の球体へと振るい。


バチチチチチチチチチチチチチチチチチチチチチチチチチチチチチッ!!


ジークの上位闇魔法、ウルフェルトの斧。

それらがぶつかり合って巻き起こったのは、激しい漆黒《しっこく》の雷《かみなり》。

ジークとウルフェルトの魔力がせめぎ合っているのだ。

はたして、その勝敗の行方《ゆくえ》は――。

「まぁ、オレの力は……ざっとこんなもんだっ！」

聞こえてくるウルフェルトの声。

同時――。

遥《はる》か上空で巻き起こったのは、雲を残らず消し飛ばす漆黒の爆発《ばくはつ》。

巻き起こった暴風は、大地にまで届いてくる。


いったい何が起きたのか。その答えはとても簡単だ。

（観客席に影響《えいきょう》しないよう、ある程度加減して撃《う》ったとはいえ……まさかこれほどとはな）

ウルフェルトはジークの上位闇魔法を、斧で空へと弾《はじ》いたのだ。

しかも軽々と。

（だがなんだ？　ウルフェルトが、斧に纏わせた魔力に感じたあの違和感は）

醜悪《しゅうあく》な魔力と混ざり合い、歪《ゆが》みきっていたが。あの魔力は――。

と、ジークがそこまで考えた瞬間。


「何を黙っているんだ、魔王？」


と、ジークの思考を断ち切る様に聞こえてくるウルフェルトの声。

奴はそのままジークへと言葉を続けてくる。

「大方、オレを殺す方法でも考えてるんだろうがなぁ。そいつは無駄《むだ》だぜ？」

「随分《ずいぶん》な自信だな。だったら、試《ため》してやろう――今のは大分加減したから、次はもう少し威力《いりょく》をあげてな」

「おっと、言い方が悪かったな。何も挑発《ちょうはつ》したわけじゃねぇ！」

「回りくどいのは嫌い――なんじゃなかったのか？」

「はっ！　こいつぁ一本取られた！」

言って、カラカラと笑うウルフェルト。

奴は斧を担《かつ》ぎ直しながら、ジークへと言葉を続けてくる。

「今は大切な行事の最中なんだ。どうしても邪魔《じゃま》されたくねぇ。貴様の相手は後でしてやっからよ、今はコロシアムから出て行ってくれねぇか？」

「《ヒヒイロカネ》の武器を持っていないから、今は俺と戦いたくない――そうハッキリといったらどうだ？」

「どうだかな。何か裏があるかもしれねぇぜ？」

「なんにせよ、俺がお前の頼みを聞く理由があるか？　お前はあらゆる意味で気に喰《く》わない。よって、今ここでこの世界から駆除《くじょ》してやろう」

「だから待てって！」

言って、なにやらおどけた様子の笑顔《えがお》をしてくるウルフェルト。

状況《じょうきょう》はジークが確実に有利。

なんせこのまま戦えば、ジークが一方的にウルフェルトを攻撃して終わりだ。

先も言った通り――ウルフェルトに《ヒヒイロカネ》の武器がない以上、奴に攻撃手段はないのだから。

にもかかわらず、ウルフェルトのこの余裕《よゆう》。

いったい何を考えているのか――正直、不気味極《きわ》まりない。

「オレと賭けをしないか、魔王？」

と、聞こえてくるのはウルフェルトの声。

奴はニヤリと不敵に笑いながら、ジークへと言葉を続けてくる。

「貴様の理論だと、オレはお前に抗《こう》する武器を持ってねぇ――どう考えても、お前に有利な状況なんだろ？」

「あぁ。俺もちょうど、同じことを考えていたところだ」

「そいつは、ちょうどいい。だったら、偉大なる魔王様が、オレの賭けから逃げたりしないよなぁ？　オレはゲームが好きなんだ」

「………………」

明らかな挑発だ。そして、奴の賭けとやらに乗る必要はない。

けれど、ジークは魔王――おまけに、ミアを穢すクソ勇者の提案から逃げるのは、どうにも性に合わない……故《ゆえ》に。

「いいだろう、賭けの内容を言ってみろ」

「上等ぉ……さすが魔王だぜ」

言って、ウルフェルトはジークへと賭けの内容を説明してくる。

それをまとめるとこんな感じだ。


賭けはジークとウルフェルトの二人だけで行う。

もっとも、別に両者で戦うわけではない——ジークがウルフェルトへと、一方的に攻撃するのだ。

その結果、ジークがウルフェルトを殺せれば、ジークの勝ち。

ジークがウルフェルトを殺せなければ、ウルフェルトの勝ち。


正直、意味不明の内容。

ドMの死にたがりか、よほど自信がある奴しか行わない様な賭けだ。

(ウルフェルトの場合は、確実に後者だろうな)

ウルフェルトの性格と、彼《かれ》がイノセンティアに行った事は最悪極まりない。

しかし、ジークの闇魔法を弾いた先の攻防《こうぼう》は、正直称賛《しょうさん》に値するレベルだ。

などなど、ジークがそんな事を考えていると。

「この賭けでオレが要求する事は一つ——勝ったら、仲間と一緒にコロシアムから出て行け。言うまでもないだろぉが、オレにちょっかいかけずにな」

と、言ってくるウルフェルト。

ジークはそんな奴へと言う。

「あぁ、それでかまわない。だが、俺が勝ったらお前の命をもらう」

「こっちもそれで了解《りょうかい》だぁ。というより、賭けは必然オレの命を賭けたものになる——貴様が勝った時は、オレはもう死んでいるだろぉがなぁ」

ニヤリと余裕そうな笑顔を見せるウルフェルト。

ジークはそんな奴を見て思う。

(底が見えない……と感じたのは、五百年前も含めてこれで三人目だな)

一人はジークを倒《たお》した真の勇者ミア・シルヴァリア。

もう一人はその正統な後継者《こうけいしゃ》たるユウナ。

「…………」

ジークは改めて、ウルフェルトを見る。

もしもこれで、ウルフェルトがまともな勇者だったのなら、どんなに良かったことか。

いや、そんな事を考えても空《むな》しくなるだけだ……今集中するべきは。

「準備はいいか、ウルフェルト？」

「おうよ。いつでも来やがれ、魔王」

言って、斧を放り投げ両手を左右に広げるウルフェルト。

そう、今集中すべきは――ミアを穢し続けるこのクズ勇者を駆除する事のみ。

「っ！」

直後、ジークは地面を蹴《け》って、目にも留まらぬ速度で疾走《しっそう》。

そのまま、彼はウルフェルトとの距離《きょり》を一瞬《いっしゅん》で詰《つ》める。

（ウルフェルト。お前は俺の攻撃に耐《た》えきる自信があるんだろう――だが、さっきの口ぶりからして『俺の一撃』に耐えられる自信だろ、それは？）

冗談《じょうだん》じゃない。

考えた後、ジークはウルフェルトの顔面を左手で鷲掴《わしづか》み――空いた右手で、奴のがら空きの胴体《どうたい》を。

殴《なぐ》った。

殴って　殴って殴りまくる。

空気抵抗《ていこう》で赤熱していくジークの拳。

ジークの拳圧で変形していく地面。

巻き起こる暴風に沸《わ》きあがる観客席からの悲鳴。

だが、そんなの気にはしない。

ジークはひたすらに、音速を超《こ》えた速度で、ウルフェルトを殴り続ける。

やがて、ジークが殴っているウルフェルトの腹部はどんどん抉《えぐ》れ、拳が空を撃つことが増えてきたが、そんな事も気にはしない。

ジークはひたすらに殴り続ける。

時間にして、わずか1秒にも満たない時間――繰り出したのは9999の拳。

「そろそろラスト――こいつでジャスト一万だ」

言って、ジークは右手を引き絞《しぼ》り、その拳に魔力《まりよく》を集中させ……全力で突き出した。


そうして巻き起こったのは、先の闇魔法に匹敵するほどの爆発。

周囲の闘技《とうぎ》台の破片《はへん》を残らず吹《ふ》き飛ばすほどの破壊《はかい》の嵐《あらし》。


もはや原形を完全にとどめていないコロシアムの中央――元闘技台跡《あと》。

ジークは左手で掴《つか》んでいたウ、ウ、ウ、ウルフェルトだ、だ、だったものを、その辺へと放り投げ言う。

「一撃で済ますと思ったのか？　ミアが受けた侮辱《ぶじよく》は……お前がイノセンティアと狐娘族に与《あた》えた屈辱《くつじよく》は、これでもまだ生ぬるい」

若干屁理屈《じやつかんへりくつ》かもしれないが、全てはウルフェルトが悪いのだ。

一撃で済ませて欲《ほ》しかったのなら、ルールを決める際に『攻撃してよいのは一回』と決めるべきだったのだ。

（もっとも、その場合は別の手段でこいつを殺したがな――一撃だけでも苦しむ手段で）

考えた後、ジークはウルフェルトだったものへと背を向け歩き出す。

やや消化不良だが、これでイノセンティアは平和に――。


「賭《か》けはオレの勝ちみてぇだな」


と、ジークの思考を断ち切る様に聞こえてくるのはウルフェルトの声。

「バカな……」

と、ジークは思わずそんな事を言いながら、声が聞こえた方を振《ふ》り返る。

するとそこに居たのは。

「魔王に驚《おどろ》いてもらえるとは、本当に光栄だぜ……オレの強さが改めて立証されたわけだ」

相変わらず不敵に笑うウルフェルト。

しかも、奴は傷一つ負っている様子がない。

(いくらなんでも、それはありえない……どういうことだ?)

ジークは確かに、ウルフェルトを殺した感覚があったのだ。

ジークの攻撃《こうげき》に対し、ウルフェルトは最初の一撃《いちげき》は生き延びたようだった。

しかし、そこから続く連撃――少なくとも五十撃目でウルフェルトは確実に死んでいた。

そこから先はオーバーキルだ。

そして、最終的にウルフェルトの首から下はなくなった。

（なのに、無傷だと？）

これだけの攻撃をくらえば、勇者ミアだって確実に死んでいる。

なにかカラクリがあるに違《ちが》いない。

などと考えながら、ジークがなんとなしに下を見ると、そこにあったのは。

コロシアム中央付近を覆《おお》い尽《つ》くすように、びっしり書かれた奇《き》怪《かい》な文字。

間違《まちが》いない、呪術陣《じゆじゆつじん》だ。

きっと、先の攻防で闘技台の破片が消し飛んだ事で、ハッキリ目視できるようになったに違いない……要するに。

（この呪術陣は最初からここにあった？　それこそありえない――この至近距離で俺が気がつかないなど）

実際、ルコッテの街のクズ勇者であるエミール。奴が街に仕掛《しか》けた呪術陣と同様のもの――魔《ま》法陣《ほうじん》には、街に入った瞬間《しゆんかん》に気がついていたのだ。

しかも、この呪術陣はジークの知識にない未知のものだ。

故にジークはすぐさま、その呪術陣の内容を解析《かいせき》――。

「無駄だぜ。そいつはオレが生き延びた理由と関係ねぇ」

と、ジークの思考を断ち切るように聞こえてくるウルフェルトの声。

言われるまでもない――ジークもついさっき、呪術陣の内容を解析し終えたところだ。

故に、ジークはウルフェルトを睨み付けながら言う。

「このコロシアムで蠱毒《こどくじ》染みた事を行っているな？」

「さすが魔王。見ただけでわかるのか、感心するぜ」

「正気じゃない」

ウルフェルトが行っていることは簡単だ。


まずコロシアムで狐娘族の奴隷《どれい》と魔物《まもの》を戦わせる。

それにより奴隷に何度も死線をくぐり抜けさせ、戦闘能力の劇的向上を促す。

成長が限界に達したところで、呪術陣を発動させるといった流れだ。

そして、その呪術陣の効果とは――。

「『狐娘族が培《つちか》った戦闘能力の抽出《ちゅうしゅつ》』……狂《くる》ってるのか？　抽出された後の狐娘族がどうなるのか――いや、狐娘族から戦闘能力を奪《うば》うことがどういう事か、お前はわかっていないのか？」

狐娘族は凄《すさ》まじい戦闘能力が特徴的《とくちょうてき》な種族。

要するに、ウルフェルトがしている事は個性を奪っているに等しい。

それも、自分が強くなるという利己的なもののために。

「あぁ？　抜《ぬ》け殻《がら》になった狐娘族がどうなるかなんてわかってるぜ？　奴等の未来はオレが決めてやってるんだからなぁ」

と、言ってくるウルフェルト。

奴はニヤリと挑発的《ちょうはつてき》な笑《え》みを浮《う》かべ、ジークへと言ってくる。

「人間以下の戦闘能力になった雑魚狐《ざこきつね》共には、ただの奴隷として人間様に奉仕《ほうし》する喜びを与えてやってるのよ――貴様も試してみるか、魔王？　あいつらの身体《からだ》は気持ちいいぜぇ……くく、くははははははははははははっ！」

「…………」

「おいおい、そんなに睨《にら》むなよ。貴様は賭けに負けたんだ――さっさと仲間を連れて、このコロシアムから失《う》せろ」

言って、ジークへと背を向けるウルフェルト。

奴は最後にジークへと言ってくるのだった。

「まさか魔王様ともあろう者が、約束を反故《ほご》にしたりしねぇよなぁ？」

第五章　これも魔王の務め

時は進んで夜。

場所は変わらずイノセンティア――現在、ジークはユウナとともにその一室に居る。

なお、他の仲間達《たち》は併設《へいせつ》されている酒場で、待機してもらっている。

「酷《ひど》い怪我《けが》……しかもこれ、さっきの怪我だけじゃないよね？」

と、言ってくるのはベッドの傍《そば》に座《すわ》っているユウナだ。

ユウナは現在、件《くだん》のベッドで眠《ねむ》っている狐娘族《こここぞく》の治療中だ。

なおその狐娘族とは当然、コロシアムで助けた奴隷の少女――八重《やえ》の事だ。

ジークはジークで、そんな八重に回復魔法《まほう》をかけながら、先のユウナの質問に答える。

「あぁ、何度も何度もギリギリの戦いをした結果だろうな――たった一度の戦いで、こんなになるわけがない」

「この子、骨も筋肉もボロボロ。コロシアムで竜族《りゅう》さんを倒せたのが不思議な……というより、ちゃんと立って歩いているのが不思議なくらい」

「たしかにな……」

筋肉の断裂《だんれつ》、折れては歪につながった骨。

きっと、何もしていなくても激痛を伴《ともな》うレベルだったに違いない。

無論、八重の身体は今では大分マシになっている——あとは自然治癒《ちゆ》でも行けるほどに。

(逆に言うなら、俺《おれ》とユウナが二人がかりで治しても、このレベルにしか持っていけない怪我だった訳なんだがな)

もっとも、ジークとユウナが全力で回復魔法を施《ほどこ》せば、八重は瞬時《しゅんじ》に完治する。

しかし、それをすると八重はほぼ確実に死ぬに違いない。

八重の身体は長年、この状態だった形跡《けいせき》があるためだ。

要するに、八重は異常が通常な状態になってしまっている。

(そんな中、瞬時に完治させたら負担が大きすぎるだろうからな)

だからこそ、ジークとユウナでもここまでしか治せなかった。

ここまで治すのでも、細心の注意を払ったのだから。

「なんにせよ、俺達に出来るのはここまでだ」

「ここなら安全、だよね？」

と、八重の額をなでなでしているユウナ。

ジークはそんな彼女《かのじょ》へと言う。

「その点は安心しろ――部屋全体はもちろん、扉《とびら》と窓に俺の魔力で結界のような物を貼《は》ってある。イノセンティアが吹き飛んだとしても、この部屋だけは無傷だろうな」

「よかった……八重さんには、これ以上辛《つら》い思いをして欲しくないから」

「優《やさ》しさから言っているわけじゃないが、その点は俺も同意するよ」

何度も言う通り、八重は狐娘族――ミアの仲間である聖獣の一族だ。

そんな偉大な存在が、こんな状態に陥《おちい》っていいはずがないのだから。

「まぁ、あとはゆっくり寝《ね》かせてやろう。ここで俺達が話していても、邪魔なだけだろうからな――それに、下でアイリス達を待たせているしな」

言って、ジークは八重から離《はな》れ、扉の方へと進んでいく。

そして、彼は心配そうなユウナを促《うなが》し、共に部屋から出て行くのだった。

さて、そうしてやって来たのは件の酒場。

ジークは『八重の治療《ちりょう》をしている間、席を取っておいてくれ』とアイリスに言っておいたのだが。

「なんだ……これは？」

現在、そんなジークの前に広がっているのは大量の肉、肉、肉、肉っ！

ジークが席についてしばらくしたら、何も注文していないのにこの肉料理が運ば――。

「あ、私が注文しておきましたよ！」

「ん……ぶ、ブランも」

「わ、わたしはその……別に肉につられたわけでは……っ」

と、言ってくるのはアイリス、ブラン、そしてアハトだ。

なお、席順は丸テーブルに右回りで――ジーク、アイリス、ブラン、アハト、ユウナの順になっている。

要するに、ジークの両隣《りょうどなり》をキープしているのは、アイリスとユウナだ。

まぁそれはともかく。

（今日は朝から、何も食べてなかったからな。美味《うま》そうなメニューを前に、何も頼《たの》むなって方が酷《こく》か……とはいえ、少し頼み過ぎな気もするが……もっとも）

もし残った際は、ジークと竜化《りゅうか》したブランが居れば問題ない。

今は水を差さずに料理を楽しむとしよう。

「じゃあ食べるか、待たせて悪かったな」

言って、ジークは晩御飯《ばんごはん》の先陣《せんじん》を切る。

そこからはみんな雑談を挟《はさ》みつつ、わいわいがやがや。

わーわーきゃーきゃー。

………。

…………。

……………。

そうして、食もかなり進み、場が温まった頃《ころ》になると。

「じゃかじゃかジャ～～～～～～～～～～～～ンッ！　魔王様ァァアアアアアアアアアアアアアアアアアアアアアアアアアイムッ！」

と、グラス片手に叫《さけ》びだしたのはアイリスだ。

彼女は酔《よ》っているに違いない——頬《ほお》を赤く染めながら、ジークへと言ってくる。

「魔王様、今日はすごかったですね！　このアイリス、魔王様の戦いぶりに感服感動雨嵐でした！」

「またそれか……というか、何かすごい事をしたか？」

と、そんなジーク。今日も今日とて、まったく記憶《きおく》にない。

自分で言うのもアレだが——正直、ジークとしては先程《さきほど》の八重の治療こそが本日のハイライトだ。

あれは本当に難しかった。

ユウナという規格外の回復魔法使《まほうつか》いと息を合わせ、あれほど繊細《せんさい》な作業をするのだ。

その辺りの天才回復魔法使いでは、きっと発狂《はっきょう》していたに——。


「魔王様VS呪術師《じゅじゅつし》ラザニア！　あれほど面白い戦いがあっただろうか……いや、ない！」


と、ジークの思考を断《た》ち切るように言ってくるのはアイリスだ。

ジークはそんな彼女へと言う。

「あぁ、コロシアムで最初に戦った男か——八重にオーガをけしかけた」

と、ジークはアイリスへと返す。

そんな彼はアイリスの方へ視線を向け、そのまま言葉を続ける。

「あと一応言っておくが、あいつの名前はラザニアじゃない……ラムザだ」

「名前なんてどうでもいいんですよ！　いやぁ、あの戦いはすごかったですね！」

「さっきも言ったが、何かすごい事をしたか？」

「謙遜《けんそん》しないでくださいよ！　誰《だれ》にも出来ないような事をしたじゃないですか！」

と、ご機嫌《きげん》るんるんアイリス。

彼女はそのままジークへと言葉を続けてくる。

「呪術師のラクダはあの時、魔王《まおう》様に死の呪術《じゆじゆつ》をかけてきたんです！」

「といっても、ただの下位呪術だろ？」

「かぁああああああああああっ！　甘《あま》い！　魔王様は考え方が甘すぎる！　綿菓子《わたがし》より甘々《あまあま》で、思わず食べちゃいたいくらいですよ！」

「お、おぉう」

「いいですか、魔王様！　死の呪術《デッドエンド》はどんな強者も恐《おそ》れます！　なぜならば、下位ならば十秒以内に……上位なら即死《そくし》！　しかもしかも、回避《かいひ》方法が『術士を発動前に倒す』しかないからです！」

「俺には《障壁《しようへき》》があるから、全く効かないけどな」

「それですよ、それ！」

と、言ってくるアイリス。

彼女は興奮した様子でジークへと言葉を続けてくる。

「呪術は『あらゆる壁《かべ》を越え、対象に直接作用』するんですよ！」

「つまり？」

「本来、呪術はどんなバリアでも絶対に防げないんです！」

「防げたが？」

「だからすごいんじゃないですか！　くぅうううううううううっ！　さすがは魔王様の《障壁》——魔王様が作り出した至高の鉄壁《てっぺき》！　まさか本来『ガード不能』と、この世界の法則で決まっている物を、いともたやすく防ぐなんて……っ」

ドンッ！

ドンドンドンッ！

と、テーブルを叩《たた》くアイリス。

彼女は散々に溜めを作った後、ジークへと言って——。

「まおう様、すごい！　ん……やっぱり、まおう様はブランの憧《あこが》れ」

と、アイリス砲《ほう》を不発に終わらせたのはブラン。

彼女は文句を言いまくっているアイリスを無視し、そのままジークへと言ってくる。

「それに、ラバの倒し方もすごいスッキリした」

「うん、呪術師のラムザな――アイリスの悪い部分に影響されてるぞ」

と、ジークはブランへと返す。

すると、ブランはジークへと言葉を続けてくる。

「ん……ラムザ！　まおう様に呪術を使った時、あいつ……すごいドヤ顔してた。狐《きつね》を虐《いじ》めてるだけでもイラッとしたけど……あの顔はもっとイラッとした――でも」

「でも？」

「最後までカウントできないで、ぶっ飛ばされるラムザ……ん、すっごく面白かった。ブランは気分爽快《そうかい》……今のブランの心は、氷よりも澄《す》み切っている」

キラキラ。

キラキラキラ。

と、尊敬といった様子の眼差《まなざ》しを向けてくるブラン。

恥《は》ずかしいが、ここまで言われると悪い気分は――。

「ジークくんのすごい所は、そこだけじゃないと思うな！」

と、聞こえてくるのはユウナの声だ。

彼女はアイリスとブランに対抗《たいこう》するように、ジークへと言ってくる。

「八重さんがオーガさんにやられそうになった時、すぐに助けに行ったところ……今日一番でかっこよかったよ！」

「いや。あれはお前が、俺に行って欲しそうだったからだ」

と、ジークはユウナへと返す。

けれど、ユウナは首を左右にふりふりした後、ジークへと言ってくる。

「ジークくん気がついてないの？」

「気がつくって、何にだ？」

「ジークくんね、また手を握《にぎ》りしめてたよ？」

「俺が？」

「うん。八重さんの約束が反故にされた辺りから、ぎゅ〜〜〜って……正直、また血が出ないか心配なくらい——顔もすごく怖《こわ》かったし」

「…………」

「すごい正義感だよ！　やっぱり、本物の勇者はあたしじゃなくて——」

と、ユウナは未《ま》だ言葉を続けているが、ジークの頭には入ってこない。

その理由は簡単。

（俺に正義感……だと？　普段《ふだん》ユウナから優しい優しいと言われまくっているが、それに追加で正義感まで⁉）

ありえない。

ジークは冷酷《れいこく》非道な魔王のはずなのだ。

などなど、ジークが一人そんな事を考えている間にも、みんなの会話はどんどん進んでいく。

わいわいガヤガヤ。

わーわーきゃーきゃー。

そうして、どれくらいが経《た》った頃か。

「『おいおい、そんなに睨むなよ。貴様は賭けに負けたんだ――さっさと仲間を連れて、このコロシアムから失せろ』って、ふざけんなぁあああああああああああああっ！」

ドゴンッ、とグラスをテーブルに叩き付けるアイリス。

彼女は頬を赤らめながら、ジークへと言ってくる。

「あのクソ勇者の何でしたっけ？　えぇと……」

「ウルフェルトだ」

と、ジークはアイリスへと返す。

するとアイリスはジークへと言ってくる。

「そいつですよ！　なぁに調子に乗ってるんですかね、あいつ！　というか、魔王様もどうして、あそこであいつをぶっ飛ばさないんですか⁉　なんで生きていたのか知りませんけど、不死身のやつなんて五百年前にも倒してきたじゃないですか！」

「確かに不死身でも攻略《こうりやく》方法はある。体力も精神力も、何もかもが尽きるまで数億回と殺し続ければいい――だが、この街でそれをしたらどうなる？」

「それはまぁ――無くなっちゃいますね、街……あは♪」

「そういうことだ。俺が魔法を連発したら、街が耐えきれない。それになにより……俺は現代の勇者と冒険者達《ぼうけんしやたち》とは違う」

「それってつまり、どういうことです？」

「ウルフェルトは俺と賭けをして、俺に勝った――こう言ってはアレだが、ウルフェルトは正面から俺と正々堂々戦って、勝利を勝ち取ったんだ」

ウルフェルトは出会った中で最悪のクズだ。

しかし、奴《やつ》は間違いなく現代で最強と言っても過言でない男。

強さだけで言うなら、勇者を名乗るに相応《ふさわ》しい。

「そんな奴との賭けに負けたからといって、それを反故にしたらどうなる?」

「な、なるほど! 魔王様も呪術師のラバだかラクダだかラムザだかみたいに、約束やぶりの一員になっちゃうってことですね!」

と、言ってくるアイリス。

要するにそういう事だ……もっとも、ウルフェルトをあの場で倒すのに、不安要素があるにはあった。

それは——。


ウルフェルトが放っていた魔力——あれからは、妙《みょう》な懐《なつ》かしさを感じた。

さらに正直、あの不死性にも違和感《いわかん》を覚えた——ジークが奴を殺した際、まるで別の誰か、、、、が殺している様な。


結論から言って、ウルフェルトは違和感だらけなのだ。

確実に負けはしないが、勝ちきれない可能性は万が一程度にはあった。

(ウルフェルトとの戦いのせいで、周囲を破壊しつくしたのに、結局ウルフェルトを取り

逃《に》がした……とかになったら、全く笑えないからな)
ウルフェルトがジークとの戦闘《せんとう》を避《さ》けたように。
ジークとしても正直、あの場でウルフェルトとの決着は避けたかった。
まず奴の謎《なぞ》を解く必要があるのだ。
(それにそれらの違和感と謎にも、心当たりがあるしな)
故に、ジークにとってこの状況は悪いどころか、むしろ——。

ガタンッ!

と、ジークの思考を裂《さ》くような音。
続けて聞こえてくるのは。
「あ……んっ」
床《ゆか》に倒れているアハトの声だ。
彼女は頬を赤く染め、うっすらと汗《あせ》をかいている。
ジークにはこの状況に覚《じょうきょう》えがある。
(イノセンティアに来た時、アハトが倒れた時と全く同じだ)

根本的な解決が出来ていない以上、いつかこうなると思っていた。

それがついに、このタイミングで来たというわけだ。

しかし、今回はすぐに対処することができる――応急処置の仕方はわかっている。

故にジークはみんなへと言う。

「お前達はここで食事をしていてくれ」

「あ、あたしも行った方がいい⁉」

と、慌《あわ》てた様子のユウナ。

ジークはアハトを抱《だ》きかかえた後、そんな彼女へと言うのだった。

「俺に任せろ。アハトはすぐによくなる」


時は数分後。

場所は宿屋の一室――八重が寝ているのとはまた別の部屋。

現在、ジークはアハトに肩《かた》を貸し、彼女をベッドへと座らせている最中。

「は……っ、ジーク……わ、たしは――ぁ」

と、息荒《あら》く時折身体をくねらせるアハト。

彼女が酒場で急に倒れた理由、そして今こうして普段と違う状態の理由。
それは先ほども言った通り、アハトがイノセンティアに来た時と同じ状態だからだ。
すなわち、彼女は何かが原因で発情してしまっているのだ。
「ジーク……ジークっ。我慢《がまん》が、身体が疼《うず》いて……つ、らくて――んっ」
と、聞こえてくるアハトの声。
ジークが彼女をベッドに横にさせると、彼女はすぐにうつ伏《ぶ》せになる。
そしてそんな彼女は――。
「わたしのここ……、おまえので滅茶苦茶《めちゃくちゃ》に、して……もう、こんなになって――っ」
くちゅくちゅ。
くちゅくちゅくちゅ。
と、自らの手で下の口を慰《なぐさ》め始めるアハト。
彼女の下の口からは、淫液《いんえき》が洪水《こうずい》のように溢《あふ》れだしている。
同時、部屋中に充満《じゅうまん》する男を誘《さそ》う雌《めす》の匂《にお》い。
「ジーク、早く……おまえの、わたしに……気持ちよく、してっ」
と、今度は空いている片手で、自らの胸を揉《も》み始めるアハト。
アハトの表情は完全に蕩《とろ》けており、完全に色欲に屈服《くっぷく》しているのがわかる。

これ以上、アハトを我慢させるのは可哀想《かわいそう》だ。

ジークはそんな事を考えた後――。

「おっと、そう上手《うま》くは行きませんよ！」

と、ジークの思考をぶった切って聞こえてくるのはアイリスの声。

同時、開かれる部屋の扉――そこから登場したのは、声の主ことアイリスさん。

彼女はむっとした様子の表情で、ジークへと言ってくる。

「私のエッチセンサーが反応したんで、来てみれば……私を差し置いて酷いじゃないですか⁉」

「エッチセンサーが何のことかは知らないが、今からするのはただ快楽を求める行為《こうい》じゃない。というか、お前もそれはわかっているだろ――これはアハトの原因不明の発情を、一時的に治める行為だと」

「うぇええええええんっ！　だって約束しましたもん！　魔王様言ってましたもん！　夜にこのアイリスと一エッチしてくれるって！」

「……言っていたか？」

「言ってましたよ！　魔王様のバカ！　忘れちゃったんですか⁉」

「…………」

そういえば『一エッチの付け』とかなんとか、いつか言っていたきがする。

というか、このパターンはアレだ。

（理由はどうあれ、アイリスを満足させないと絶対に引かないパターンだ。さて、どうしたもの――）


くいくい。

くいくいくいくい。


と、引かれるジークの袖《そで》。

見れば、ベッドにちょこんと座ったアハトがもじもじしている。

彼女は自らの指をハムハム噛《か》みながら、ジークへと言ってくる。

「エッチ……してくれない、のですか？」

そして、そして。

一方のアイリスといえば。

「魔王様！　エッチしましょうよ！　一エッチですよ、一エッチ！」

右からもエッチ、左からもエッチ。

ミアの包囲網《ほういもう》を彷彿《ほうふつ》とさせる、エッチ包囲網が完成していた。

ジークに退路はもはやない――となれば。

(俺がするべき事はただ一つだな)

考えた後、ジークはやや強引《ごういん》にアハトの手を掴み、ベッドから無理矢理《むりやり》立たせる。

そして、彼《かれ》はもう片手でアイリスの手を掴む。

「ジー、ク？」

「わっ、なんですか!?　ちょっと強引に行く感じですか!?」

と、聞こえてくるのは、戸惑《とまど》った様子のアハトとアイリスの声だ。

ジークはそんな彼女達《かのじょたち》を無視し、半ば引っ張る様に壁の近くへ移動。

そうして出来上がった光景が――。

「ジーク……こんな格好で、二人ならべて……んっ、何をする気、なのですか？」

「うぅ……二人一緒《いっしょ》に犯《おか》すつもり、ですね!?」

と、聞こえてくるのはアハトとアイリスの声。
彼女達は現在──並んで壁に両手を突《つ》き、尻《しり》をジークへと突き出している。
要するに、立ちバックの形だ。
けれど、ジークが裏路地でアハトにしたように、彼女達を魔獣で犯すわけではない。
(それだと、順番にしか快楽を与《あた》えてやれないからな)
それはスマートではない。
魔王のやり方とは──こうだ。

「ぁ……んっ」
「そんな、急に──っ」

と、聞こえてくるアハトとアイリスの喘《あえ》ぎ声。
ジークが片手を彼女達の下の口へやったのだ。
無論、それだけではない。
ジークは指を使って、彼女達の中へと入って行く──そして。
くちゅくちゅ。

くちゅくちゅくちゅ。

くちゅくちゅくちゅくちゅ。

一気に攻《せ》め立てる。激しく指を動かし。

アハトとアイリスの中を、滅茶苦茶にかき回していく。

「ジー、ク……それ、激し——っ」

「まお、様——魔王、様っ！　気持ち、い———んぁ」

聞こえてくるアハトとアイリスの声。

ジークはそれと同時、二人が最も感じる場所へ指を擦《こす》りつける。

そしてその後、ジークが指を一気に引き抜《ぬ》くと——


「「〜〜〜〜〜〜〜〜〜〜〜〜〜〜〜〜〜〜〜〜〜〜〜〜〜〜〜〜〜〜っ!!」」


重なるアハトとアイリスの声にならない様子の嬌声《きょうせい》。

さらに二人は身体を震《ふる》わせながら——。

ぷしっ、ぷしゃっ。

と、気持ちよさそうに淫液を噴《ふ》き出す。

「ジーク……わ、たし――おまえの事、が……好き、です」

「こんな、すぐイかされちゃう、なんて……さすが、魔王様――っ」

と、聞こえてくるアハトとアイリスの声。

二人はすっかり終わった気になっているに違《ちが》いない。

論外だ。

たったこれだけで終わったら、お話にならない。

考えた後、ジークは二人の中へ再度指を挿入《そうにゅう》。

「んぁ⁉」

「あ……んっ⁉」

と、驚《おどろ》いた様子のアハトとアイリス。

しかし、ジークは二人が言葉を続けるより早く。

くちゅくちゅくちゅくちゅくちゅくちゅ。

くちゅくちゅくちゅくちゅくちゅくちゅくちゅくちゅ。

と、先ほどよりもなお早く――彼女達の中をかき混ぜていく。

「やめ――まだ、わたし……イったばかりで、身体――敏感《びんかん》でっ」

「まお、様――激し、過ぎです……こんな、私また――っ！」

と、足を小鹿のようにお揃《そろ》いで震わせ、そんな事を言ってくるアハトとアイリス。

ジークがそんな彼女達を無視し、さらに指の動きを加速させた瞬間《しゅんかん》。


「「～～っ!!」」


ぷし、ぷしゃっ。

と、またも淫液を撒《ま》き散らしながら、身体を一際《ひときわ》強く跳《は》ねさせる二人。

彼女達の足は先ほどまでと対照的に、ピンっと伸《の》び——まるでジークに尚《なお》の事《こと》ケツを突き出している様だ。

なるほど、もっとやって欲《ほ》しいに違いない。

ジークはそのままさらに速く——もっと速く、なお速く……どんどん速く速さを追求して指の動きを加速させていく。

くちゅくちゅくちゅくちゅくちゅくちゅくちゅくちゅくちゅ。

くちゅくちゅくちゅくちゅくちゅくちゅくちゅくちゅくちゅくちゅ。

そしてその度、アハトとアイリスの下の口から弾《はじ》ける淫液。

つ～。

ボタ、ボタッ。

アハトとアイリスの淫液は――時には二人の内腿《うちもも》から足首までを伝い。そして時には、二人の下の口から直接床へと落ち広がり、淫《みだ》らな池を作り始めている。

その原因たる二人はといえば――。

「ふぅっ、ぉ――あっ」

「あっ、かき回さな――んぁ」

もはや喋《しゃべ》る気力すらなく、ただただイキまくっているアハト。

言葉とは裏腹に、必死に尻を突き出してくるアイリス。

そろそろ頃合《ころあ》いに違いない。

ジークはそんな事を考えた後、二人がもっとも気持ちよくなれる場所に指を擦り付ける――そして、彼は指を擦り付けたまま、一気に引き抜く。

すると、身体を激しく震わせながら淫液を噴き出すアハトとアイリス。

しかし、今のはただの様子見。

ジークの攻撃《こうげき》は二段構え――今からするのが最後のラストだ。

ジークは二人の下の口付近にある豆へと指を伸ばし、それを優しく一気に捻《ひね》り上げる
……直後。

「「んぁあああああああああ〜〜〜〜〜〜〜〜〜〜〜〜〜〜〜〜〜〜〜〜〜〜〜〜〜〜〜〜〜〜っ⁉」」

と、これまで一番の嬌声を上げるアハトとアイリス。
二人はこれまた一番の淫液を、噴水《ふんすい》の様に噴き出し、身体《からだ》を激しく痙攣《けいれん》させる。
さらに二人は足をピンと伸ばし、尻を天高く突き上げている。
と、くればやることは一つ。
ジークは自らの両手も天高く掲《かか》げた後。

バチンッ‼

とアハトとアイリスの尻を叩く。
するとそれに反応したのか——。
ぴゅっ♪
と、最後に淫液を情けなくも可愛《かわい》らしく噴き出す二人。

「は、へ――っ」

「まお、様……好き、です」

と、まさに夢心地《ゆめごこち》といった様子のアハトとアイリス。

ジークはそんな彼女達の尻を、今度は優しく撫《な》でてあげるのだった。


そうして時は数時間後――時刻は深夜少し前。

現在、ジークは宿屋の自室のベッドに腰掛《こしか》けて、一人読書をしていた。

といっても、読んでいるのは、アルスのクズ勇者ミハエルから奪《うば》った資料だが。

「《勇者の試練》の場所はイノセンティア――ウルフェルトの城の最奥に眠っている、か」

有益ではあるものの、気に喰《く》わない資料だ。

そもそも、あれは厳密に言うとウルフェルトの城ではない――聖獣《せいじゅう》の長《おさ》が住まう城だ。

さらにもっと前に遡《さかのぼ》るならば、あれはミアの城であったのだ。

（それを我《わ》が物顔《ものがお》で……ウルフェルトの城？　ふざけるな）

とはいえ、ミアはあの城を押《お》し付けられただけで、殆《ほとん》ど利用していなかった。

むしろ、避難民《ひなんみん》を匿《かくま》うためのシェルターとして利用していた記憶が――。

「まおう様……入っていい？」

と、ジークの思考を裂くように聞こえてくるのはブランの声だ。

ジークはそんな彼女へと言う。

「あぁ、開いているから入っていいぞ」

「ん……じゃあ入る」

と、扉を開いて入ってきたのはブラン。

彼女はどこかもじもじした様子で、ジークの下《もと》まで一直線にやってくる。

そして、彼女はジークの隣《となり》に座《すわ》って来ると――。

すりすり。

すりすりすりすり。

と、まるで甘えた猫《ねこ》のように、ジークの身体に頬を擦りつけてくる。

ジークはそんな彼女《かのじょ》へと言う。

「どうしたんだ？」

「ん……わからない。まおう様は……アハトとアイリスと、何をしていたの？」

「アイリスはまぁ例外だが、アハトには治療《ちりょう》をしていた」

「治療……」

言って、なにやらまたももじもじし始めるブラン。

ジークはそんな彼女を見て悟《さと》る。

（まさかブランも発情しているのか？）

ブランは性知識に乏《とぼ》しい――しかし、彼女は彼女なりに『ジークがアハト達《たち》にナニをしたのか』について、無意識的に想像してしまったに違いない。

その結果が現状だ。

「ブラン、どうして欲しいんだ？」

「っ……ぶ、ブランは……その、わからない」

ふいっと、そっぽを向いてしまうブラン。

しかし、そんな彼女はすぐにジークへと向きなおって来ると。

「でもなんだか……ブラン、身体が熱い……溶《と》けちゃい、そうっ」

言って、立ち上がるブラン。

彼女はジークの目の前で、しゅるしゅると服を脱《ぬ》いでいく。

そして、彼女はわずかに火照《ほて》ったいつもの無表情で、ジークへと言ってくる。

「まだ、熱い……まおう様なら、この熱……ん、消せる?」

「お前は本当にかわいいな、ブラン。配下の望みを叶えるのも魔王の、務めの一つ――お前がそれを望むなら、しっかりと手伝ってやろう」

言って、ジークは立ちあがり、自らの服を掴《つか》んで豪快《ごうかい》に脱ぐ。

要するに、ジークの下半身に聳《そび》えたつ主砲《しゅほう》が見える状態――全裸《ぜんら》だ。

ジークはそのまま、ブランの背後へと回る。

「ん……何をするの?」

ひょこりと首をかしげてくるブラン。

ジークはそんな彼女のひざ下に腕《うで》を入れ、一気に彼女を抱き上げる。

すると、ブランは背中をジークの胸に預け、両足をジークの腕でカパッと開かれる形で抱っこされた状態になる。

そしてもう一点、ブランの身体を支えている物がある。

それはジークの主砲だ――それがブランの下の口に沿う様に起立しているのだ。

さて、現在ジークがブランに取らせている体勢とはすなわち……背面駅弁だ。

「まおう、様……ブランに、まおう様の当たってる」

と、聞こえてくるのは、やや照れた様子のブランの声。

しかし、まだ準備段階すら終わっていない。

ジークはそのままブランを持ったまま、鏡の前に移動する。

「ブラン、鏡を見てみろ。いったい何が映ってる？」

「ん……ぶ、ブラン」

と、目を逸《そ》らしながら、恥ずかしそうな様子で言ってくるブラン。

当然だ――鏡に映っているのは、両足をカパっと広げられ、大切な部分が丸出しになり、そこにジークの主砲を当てられ、発情した表情を浮《う》かべたブランなのだから。

性知識に疎《うと》いブランでも、この状況がいかに変態的なものかはわかるに違いない。

ジークはそんなブランへと言う。

「目を離《はな》さずにしっかり鏡を見ておけ。ブランはアハト達に俺《おれ》が何をしたのか興味があるんだろ？　だったら、今日はすこし激しくしてやる」

「ん……それって――っ⁉」

と、不自然に止まるブランの声。

ジークがブランの下の口へあてがっていた主砲、それを動かしたのだ。

当然一度では終わらない――腰《こし》を大きく引き、一気に突き入れる。

「く……ぅんっ」

と、嬌声を上げながら、目を逸らすブラン。

ジークはそんなブランの耳元に口をやり、そのまま言う。

「ダメだ。ちゃんと鏡を見ろ――そして、自分がどういう状況になっているのか、俺に説明してみろ」

「ん……で、できな……っ。ぶ、ブラン……身体が、どんどん熱く……お腹《なか》が、きゅんってして……なにも、考えられ――」

「ブラン、俺のいう事が聞けないのか？」

言って、ジークは主砲を起動――ブランの下の口を一気に擦り上げる。

直後。


「～～～～～～～～～～～～～～～～～～～～～～～～～～っ！」


ジークの腕を掴みながら、身体を激しく痙攣させるブラン――軽くイったに違いない。

ジークはどこか呆《ほう》けた様子でぽ～っとしている彼女へと言う。

「ブラン、鏡を見て見ろ。いったい何が映ってる？　正確に教えてくれ」

「ん……か、鏡には……っ。ほ、頬《ほお》を赤く……して、口から涎《よだれ》を……た、垂らして」

「それで？」

「大切な所、からも……よ、涎を垂らしてるブランが……っ」

言いながら、どんどん息を荒くしていくブラン。

これこそがジークの狙《ねら》いだ――性知識に疎かったり、無感情な女性にはこうして、自らが犯されている事を認識《にんしき》させるのが効くのだ。

「ブラン。これからも欠かさず、俺に自分の状況を説明しろ」

「っ……ぶ、ブランは……まおう様、に……状況を、説明す――っ」

と、またも途切《とぎ》れるブランの言葉。

当然、ジークが主砲でブランの下の口を、一気に擦り上げたのだ。

ブランの意思が確認《かくにん》できたのならば、彼女の言葉を最後まで聞く理由はない。

考えた後、ジークはまるで物を扱《あつか》うように、ブランの下の口を攻め立てる。

そしてその度、小刻みに震えながら――。


ぷしっ、ぷしゃっ。

と、可愛らしく淫水《いんすい》を下の口から噴き出すブラン。

そんな彼女は足をピンっと伸ばし、身体をふるふるさせながらジークへと言ってくる。

「ぶ、ブランは……今っ。ま、まおう様に……お、犯されて……んぁ⁉」

「ちゃんと言え」

「っ……ぶ、ブランは犯され、て……え、エッチになって、んきゅ⁉」

と、身体を激しく震わせるブラン。

けれど、彼女はなんとかといった様子で、ジークへと言葉を続けてくる。

「ん……っ。お股《また》がびちゃびちゃ……で、エッチな汁《しる》で――っ、まおう様の部屋……ぁ、汚《よご》しちゃって……は、恥ずかしっ」

「それで、鏡の中のお前はどんな顔だ？」

「え、エッチな……顔っ。あ、アイリスみたい、に……欲に溺《おぼ》れた顔、してる……っ。ま、まおう様……こ、これ……も、嫌《いや》ぁ……は、恥《は》ずかし――ブラン、もうっ」

言って、顔をふりふりし始めるブラン。

少し虐《いじ》め過ぎたかもしれない――なんにせよ、そろそろ頃合いだ。

ジークはブランを少し強めにホールドし、腰の動きを加速させていく。

「ぁ……っ、まおう、様――は、げし……ぶ、ブラン……っ、壊《こわ》れちゃ――っ」

そんな事を言ってくるブラン。

もうすぐ……否、この一撃《いちげき》で楽にしてやろう。

ジークは考えた後、腰を思い切り引き、一番の打《う》ち込《こ》みと同時に主砲を発射する。

すると、響《ひび》き渡《わた》るのは『肉と肉がぶつかる合う音』と『白濁《はくだく》液が弾ける音』……そして。

「～～～～～～っ！　～～～～～～～～～～～～～～～～～～～～～～～～～っ‼」

激しく身体を震わせるブラン。

同時、彼女の下の口から噴き出す淫水……しかし、事はそれだけではなかった。

「ん……ぁ」

ちょろ、ちょろろろろろろろろろろろろろろっ。

と、お漏《も》らししてしまうブラン。

彼女は虚《うつ》ろな瞳《ひとみ》で、鏡を見ながらジークへと言ってくるのだった。

「ブ、ラン……とっても気持ち、良さそうな顔……で、お漏らし、してる」

第六章　ウルフェルトの秘密

時は深夜過ぎ――すっかり皆《みな》が寝《ね》静《しず》まった頃《ころ》。

場所は宿屋の一室、ジークの部屋。

「そろそろか」

言って、ジークはベッドの上で目を開ける。

そして、彼は立ちあがると身支度《みじたく》をしていく。

ジークがこの時間に、一人起きた理由は簡単だ。

(アハトがああも立て続けに発情する事に加え、ブランもいつも以上に積極的だった)

どう考えてもおかしい。

ジークが最初に睨《にら》んだ通り、イノセンティアに何か原因があるのは間違《まちが》いない。

例えば街全体を覆う様な、大規模な呪術陣。

(ウルフェルトはコロシアムで、俺でさえ気がつかない様な呪術陣を闘技《とうぎ》台の下に仕込《しこ》んでいた)

信じられないほど、卓越《たくえつ》した呪術《じゅじゅつ》の腕前《うでまえ》だ。

あの腕前があれば、誰《だれ》にも気がつかれない様に『イノセンティア全体に作用する呪術陣』を張る事は、造作もないに違いない。

（加えて、さっき目を閉じて感覚を集中させて、ようやくわかったことだが）

この街の至る所から、かすかにミアの魔力らしき物が感じられるのだ。

いや、どちからというならば――。

（ウルフェルトと戦った際に感じられた、醜《みにく》く変質し歪《ゆが》み切ったミアの魔力）

そして、その魔力は街の中央と街外れにある六ケ所から、より強く感じられるのだ。

中央はまず間違いなくウルフェルトだとして、街外れの六ケ所はおそらく――。

（まぁいい。それを今から確かめに行くところだ――もし、アハトの不調やブランの異変に関係していたら、放置しておくのはリスクがあるからな――もっとも、ほぼ確実に関係しているだろうが）

これこそがジークが、深夜に起きた理由。

なお、仲間を起こさないのは単純に、彼女達にはゆっくりしていて欲しいからだ。

ジークはそんな事を考えながら、自室の扉《とびら》を開いて廊下《ろうか》へと出て行く。

そして、なるべく気配を消しながら、静かに宿屋の外へと向かう。

（アイリスあたりは、俺の気配や魔力に敏感だから注意しないとな）

とまぁ、そうこう注意している間にも、無事に到着《とうちゃく》したのは宿屋前。

こうなればあとは簡単だ。

（とりあえず街外れ――イノセンティアを囲むように配置されている魔力点を、順に回っていくか）

もしも、ジークが考えていた通りなら、それをその場で破壊《はかい》すればいいだけだ。

それでアハトやブランの異変は、確実に治るに――。


「ジークくん、どこ行くの？」


と、ジークの思考を断《た》ち切る様に、背後から聞こえてくるのはユウナの声だ。

ジークが振《ふ》り返ると、そこに居たのはやはりユウナ――しかも、しっかり着替《きが》えている。

ジークはそんな彼女へと、素直《すなお》に感じた事を言う。

「すごいな。俺に認識されずに、この距離《きょり》まで近づくなんて……たとえ魔法《まほう》を使ったとしても、相当な使い手じゃなきゃ無理だぞ」

「え、そうなの？　ジークくんがたまに気配を消しているのを見て、真似《まね》してみただけなんだけど」

「俺が使っている技術を、そんな簡単に真似する事が出来る時点で十分すごい」

というかそもそも、気配を消しているジークに気がつき、ここに来ている時点ですごい。

などなど、ジークがそんな事を考えていると。

「それでジークくん。最初の質問に戻《もど》るけど、どこに行くの？」

と、ややジトっとした様子のユウナさん。

ジークにはわかる――これは正直に言わなければ、後が怖《こわ》いやつだ。

故《ゆえ》に、ジークはそんなユウナへと言う。

「ちょっと調べものをな。別に戦ったりするわけじゃないから――」

「あたしも行く」

「いや、だから別に戦ったり――」

「あたしも連れて行って」

「ユウナ、よく聞け。戦っ――」

「そう言って無理するのが、とっても心配だから一人では行かせないよ！」

むんっと、睨みを利《き》かせてくるユウナ。

こうなったユウナは頑固《がんこ》だ。

それこそ、アイリス並みに引かないに違いない。

(ここで騒《さわ》いで、みんなを起こすのも面倒《めんどう》だ。それに、俺を心配して来てくれたユウナを、無理矢理に追い返すのもなんだか悪い)

考えてみれば、ユウナが居ても問題のない事だ。

加えて、ユウナが来たいのならば、気を遣《つか》って宿屋で寝《ね》かせる必要もない。

「じゃあ、一緒に来るか?」

「うん!」

パッと一転、太陽の様な笑顔《えがお》を見せるユウナ。

なんだか、彼女のお尻付近から子犬の尻尾《しっぽ》が、ふりふり振られているのが見える様だ。

「それで結局、答えてもらってないんだけど――どこに行くの?」

ひょこりと首をかしげてくるユウナ。

ジークはそんな彼女へと言う。

「あぁ、そういえば言ってなかったな。ちょっと街外れに用事があるんだ」

「ちょっと遠いいね。あんまり遅《おそ》くなると困るし、早く行こ!」

言って、ジークへと手を差し出してくるユウナ。

きっと、『一緒に手を繋《つな》いで目的地まで歩いて行こう』という意味に違いない。

それはさすがに恥ずかしい——というか、ジークはそもそも歩く気はない。

などなど、ジークはそんな事を考えた後。


「ユウナ、ちょっと失礼する」


「え、きゃっ⁉」

と、驚いた様子のユウナを無視。

ジークはそのままユウナの背中と足に腕を回し、彼女をひょいっと持ち上げる。

要するにこれ——。

「お、お姫様抱《ひめさまだ》っこ……されちゃった」

言って、頬をピンクに染め、なにやら照れ照れしているユウナ。

彼女は何故《なぜ》か、ジークの胸板《むないた》にほっぺをくっつけながら言ってくる。

「ジークくん、とっても温かい……」

「いや、ユウナの方が温かい」

「…………」

「………」

なんだこの空気は。

気を抜くと、息をまともに吸えなくなる。

意思に反して、どんどん鼓動《こどう》が速くなっていくのがわかる。

(それに、表情を作るのが難しい……いったい俺の身体はどうなっている?)

純粋《じゅんすい》な魔物《まもの》だった五百年前は、こんな事は起きなかった。

これではまるで、女と付き合った事のない純情な少年の様だ。

しかも、ジークがこうなるのはユウナの時だけというのだから、なおさら理解できない状況《じょうきょう》だ。

ジークがそんな事を考え、軽いパニックに陥《おちい》っていると。

「ねぇ、ジークくんはあたしのこと、好き?」

と、至近距離からジークをじっと見つめ、そんな事を言ってくるユウナ。

ジークは蘇《よみがえ》ってから初めてレベルの全力を出し、平静を保ちながら彼女へと言う。

「あぁ、俺はユウナの事がす、すきだ……お、おほん。もちろん仲間としてのす、好きだがな」

「ジークくん、今噛《か》んだでしょ？」

「いや、噛んでいない。魔王《まおう》が全力を出したにもかかわらず、短い台詞《せりふ》を噛んで言えないなど——失敗するなどありえない」

「はいはい」

言って、ジークの頬に手を伸ばしてくるユウナ。

彼女はジークの頬を撫でてくると、そのまま言ってくる。

「あたしはね……うん、ジークくんの事が大好きだよ。この世界で一番好き。きっと、どんな事があってもジークくんの事を好きで居続けるよ」

「…………」

「えへへ、ジークくん照れてる！」

「いや、照れてない！」

「ジークくんのかっこいい所も好きだけど、可愛い所も好きだよ——それで、そういう部分はアイリスさん達も知らない……あたしだけの宝物」

「…………」

なんだか直感的に、ユウナから魔性《ましょう》を感じてしまった。

アイリスの影響《えいきょう》なのか、はたまたユウナ生来のものなのか。

いずれにしろ、このまま成長すればジークですら勝てない何かに成長するかもしれない。

(真の勇者になったユウナに、戦って負けるのはまだいい。もちろん負けるつもりはないが、それはまだ許せる。でも、戦う以前に尻に敷《し》かれるのは……ダメだ、それはダメだ)

もっとも、それはそれでいいかもしれない——なんて心のどこかで、一瞬《いっしゅん》でも考えてしまった時点で、ジークも相当やばいに違いないが。

「ジークくん、どうしたの？」

と、心配そうな表情を向けてくるユウナ。

ジークはそんな彼女へと言う。

「なんでもない。一気に行くから、しっかり掴まっていろよ」

「え、それって——ひゃ〜〜〜〜〜〜〜〜っ!?」

と、間抜《まぬ》けな悲鳴を上げるユウナ。

しかし、それも仕方ないに違いない。

なんせ、現在ジークはユウナを抱《かか》えたまま、空高くを舞《ま》っているのだから。

「じ、ジークくん!?　そ、空！　じ、地面！　な、何!?」

と、よくわからない事を言ってくるユウナ。

しかし、言いたい事はニュアンスでわかる——故に、ジークは彼女へと言う。

「歩くと時間がかかるからな。さっさと飛んでいく」

要するに、ジークは地面を蹴《け》って、目的地めがけ一気に跳躍《ちょうやく》したのだ。


ゴォオオオオオオオオオオオオオオオオオオオオオオオオッ！

と、鳴り響く風切り音。
そして——。

「～～～～～～～～～～～～～～～～～～～～～～～～～～～～～～～～～～～！」


などと、何かを喚《わめ》いているユウナ。

しかし、そんな時間もすぐに終わりを告げる。

次第《しだい》に近づいて来る地面——目的地の一つだ。

ジークは魔力と足の筋力を上手《うま》く使い、衝撃《しょうげき》を完全に殺して着地。

そして、ジークはユウナへと言う。

「到着だ。もう力を抜いて大丈夫《だいじょうぶ》だぞ」

「うう……いきなり酷《ひど》いよ！」

「はは、悪かった。まさかあんなに怖がるとは思っていなかったからな」

「もうっ！　えっと、それでここって——森だよね？」

「あぁ、ここに俺の目的の一つがある」

言って、ジークはユウナを優《やさ》しく地面へと立たせる。

するとすごく残念そうな、ムッとしたような表情をしてくるユウナ。

しかし、ユウナはすぐに機嫌《きげん》を直したに違いない。彼女はジークへと言ってくる。

「聞いて居なかったけど、ジークくんはここで何をする気なの？」

「まぁ見ていろ」

そして、ジークは意識を集中させる。

ここ辺りから件《くだん》の魔力をより濃《こ》く感じるものの、正確な発生点がわからないからだ。

（すぐ近くにあるのは間違いない。だが、この距離でも正確な位置を気取らせないとはな。

ウルフェルト・ザ・カース二世——あいつ、いったい何者だ？）

ここまでくれば、ただの人間ではない事は明らかだ。

ジークはそんな事を考えながらも、周囲の探知を続ける……そして。

「見つけた」

言って、ジークは一本の木の方へと歩いて行く。

そして、彼《かれ》は木を横から軽く蹴りつける――すると。

一瞬にして遥《はる》か彼方《かなた》へと吹っ飛んでいく件の木。

次いで、木の根に引っ張られ抉《えぐ》れる地面。


「なに、これ？」

と、聞こえてくるのはユウナの声。

見れば、彼女は顔色を青く染め、吐《は》き気《け》でも堪《こら》えるかのように口元を押《お》さえている。

彼女がそうなっているのも仕方ない……なぜならば。

（見ているだけで精神異常を引き起こしそうになるほど、醜悪《しゅうあく》な気配を放つ呪術陣――心が強くないものがこれを直視したら、心が壊れて発狂《はっきょう》するだろうな）

こんな呪術陣は五百年前も含《ふく》め見た事がない。

陣《じん》の複雑さ、隠匿《いんとく》性、内包魔力――それら全てにおいて常軌《じょうき》を逸《いっ》している。

（いったいこれを使って、どういう呪術を使っている？）

この呪術陣は確かに、複雑かつ初見の呪術陣。

だが目視さえできていれば、ジークにかかれば解析《かいせき》は可能だ。

そして、ジークはさらに意識を集中させ、呪術陣と向き合う事数秒。

「薄々《うすうす》そうじゃないかとは思っていたが……」

ジークが最初に想像した通り、確かにこれはイ、ノ、セ、ン、テ、ィ、ア、全体に、影、響、する、呪、術、陣、だ。

これと同じ物が、イノセンティアの周囲にあと五個あり、それらで結界の様なものを作り出している。

問題はその効力だ。

ジークはウルフェルトの魔力と、この呪術陣を醜悪と言った。だが、実際はそんな言葉では生ぬるい。

この呪術陣は、決して許されていいものではないからだ。

なぜならば、この呪術陣の効力は——。

「範囲内《はんいない》に居る人々の『理性の低下』と『寿命《じゅみょう》の吸収』……やはり、か」

納得《なっとく》いった。

アハトとブランは『理性が低下』していたからこそ、妙《みょう》に積極的だったのだ。

かつアハトは魔力抵抗《まりょくていこう》がないため、影響をもろに受けて定期的に発情した。

(アイリスは種族的な抵抗値《ていこうち》が、ユウナはポテンシャル故の抵抗値があって、『理性の低下』が作用しなかったんだろう)

そして無論、ジークには障壁《しょうへき》があったから作用しなかった。

しかもこの『理性の低下』は対象が選択《せんたく》されている。

(『狐娘族《ここぞく》』と『外からやって来たもの』のみに働くようになっている)

これはきっと、狐娘族を奴隷《どれい》としてこき使いやすくするため。

後者は違法《いほう》な遊びにハマりやすくし、イノセンティアに長く滞在《たいざい》させようとしているに違《ちが》いない。

ウルフェルトが『外からやって来た者』を長居させたい理由。

それはきっと、単純な金儲《かねもう》けもあるだろうがもう一つ――。

「『寿命の吸収』って、それって……いったいどういう事⁉」

と、慌《あわ》てた様子で言ってくるユウナ。

優しいユウナの事だ。きっと、自分の心配ではなく、他人の心配をしているに違いない。

ジークはそんな彼女へと言う。

「ウルフェルトの奴《やつ》は、この呪術陣を使ってイノセンティアの人々の命を吸収している。それこそが、あいつが俺に攻撃されて死ななかった理由――不死性の理由だ」

そしてこれこそが、ウルフェルトが『外からやって来た者』を留《とど》めたい理由。

奴は蜘蛛《くも》の如く、巣を張って『他人の命』という餌《えさ》がかかるのを待っているのだ。

無論、巣にかかった獲物《えもの》は決して逃《に》がさないよう――理性を低下させる。

「そんなの……どうして、いったい――命を吸収された人は……どう、なるの？」

と、今までと違う理由で顔を青くしているに違いないユウナ。

ジークはそんな彼女を怯《おび》えさせないよう、なるべく平静を保ちながら言う。

「人によって効き目は事なるだろうが、間違いなく全員早死にする」

「それって、どれくらいなの？」

「この呪術陣から見る限り、だいたいが三十歳《さい》……四十まで生きていられたら、長生きってところだな」

「そんな――っ」

と、衝撃を受けている様子のユウナ。

彼女にそれ以上の衝撃を与《あた》えたくないため、彼女には言わないが――問題はまだある。

見た限り、この『寿命の吸収』の術式は対象選択がされていない。

（ウルフェルトの奴、狐娘族や外部の人間からだけでなく、自分の部下からも命を吸い取っていやがるな？）

クズここに極まれりだ。

要するに、ウルフェルトは仲間すらも『不死性を保つ養分』と見ているわけだ。

ジークは改めて理解した。

（ウルフェルトは勇者に相応《ふさわ》しい力を持っている。だが、あいつの人格は勇者と程遠《ほどとお》く穢《けが》れ切っている）

ルコッテの似非《えせ》勇者――多くの人々を虐《しいた》げてきたエミール。

アルスの似非勇者――人体実験を繰《く》り返してきたミハエル。

あの二人もクソだったが、ウルフェルトのクソ加減はそれ以上だ。

正直、その悪辣《あくらつ》さの一点のみならば、ジークが見てきた中で最強。

（五百年前であっても、こんなゴミみたいな奴は存在していなかった）

ウルフェルトがミアの子孫など、到底《とうてい》信じられない。

いったいどこを間違えれば、あの聖人からこんなゴミが生まれてくるのか。

許せない。腸《はらわた》が煮《に》えくり返りそうだ。

（ウルフェルトは存在しているだけで、ミアを穢している。一刻も早くウルフェルトをどうにかしないと、俺の精神までどうにかなりそうだ）

しかし、今は冷静になる必要がある。

まず目の前にある呪術陣を破壊するのが先決なのだから。

考えた後、ジークは呪術陣へと手を翳《かざ》す――そして、彼はより深く呪術陣の構成と魔力を把《は》握《あく》していく。

無論、呪術陣を破壊するためだ。

…………。

……………。

…………。

そして、ありえない事が判明した。

「これは――この呪術陣は、壊せないっ」

「ジークくんでも壊せないなんて事が。そんなの変だよ！　だって、ジークくんの技量はウルフェルトさんより上なんだよね⁉」

と、すがるように言ってくるユウナ。

確かにジークの技量は、ウルフェルトよりも上だ。

問題はこの呪術陣に使われている魔力——より深く呪術陣を把握して、ようやく確信が持てた。


「ウルフェルトはどうやってか知らないが、確実にミアの魔力を使っている」


ミアの魔力に、ウルフェルトがコロシアムでしている『蠱毒《こどく》』で集めた技能。

それら二つを全投入した上に、ウルフェルト元来の超絶技巧《ちょうぜつぎこう》で呪術陣を張っているのだ。

「こんなもの、解除できるわけがない！　この世界を吹《ふ》き飛ばしても、この呪術陣だけは残るレベルで凶悪《きょうあく》だ！」

「じゃ、じゃあ寿命を取られている人はどうなるの⁉」

と、言ってくるユウナ。

まさしく問題はそれだ——一番心配なのはアハトだ。

彼女《かのじょ》は魔力抵抗がないため、すでに十年分ほど寿命がなくなっていてもおかしくない。

とはいえ手段はある。

（見た限り――この呪術陣を解くことができれば、寿命は全て持ち主の下《もと》へと帰るようにできている）

無論、それまでに寿命本来の持ち主が死んで居れば意味がないが。

さて、呪術陣を解除する方法だが、その方法もまた手段がある――たった一つだけ。

そして、その方法をユウナに伝える前に確認したい事がある。

「ユウナ、最後に一つだけ付き合ってくれ」

時間にしてわずか数分後。

森に行ったときと同じ方法で、イノセンティアに戻ってきたジークとユウナ。

二人は現在、イノセンティアの中心地――高く聳《そび》える城の前に立っていた。

ここに居るのは似非勇者ウルフェルト。

そして、ここの最奥《さいおう》にあるのは《勇者の試練》。

「ここまで近づけばいくら巧妙《こうみょう》に隠《かく》そうが、魔力の流れでハッキリわかる」

「じゃあ、やっぱりジークくんが言った通りなの？」

と、深刻そうな表情を向けてくるユウナ。

ジークはそんな彼女へと頷《うなず》く。

（少し離《はな》れた場所——おそらく《勇者の試練》から、細く長い管のような魔力がウルフェルトに伸《の》びている）

そして、その中を通っているのはミアの魔力。

それはウルフェルトの中に入ると同時、奴本来の魔力と混じり汚染《おせん》。

結果、件の醜悪に歪んだミアの魔力となっている——もはや間違いない。

「ウルフェルトはどういう手段かは知らないが、《勇者の試練》からミ、ア、の、力、を、か、す、め、取、っ、て、い、る——あいつは決して勇者なんかじゃない」

奴は絶対に許せない……否、許されない事をしている。

万死《ばんし》に値する罪人だ。

第七章　ユウナ覚醒《かくせい》へ向けて

時は早朝——まだ空が少し暗い頃。

場所はイノセンティアの宿屋に併設《へいせつ》された酒場。

ジーク達《たち》は現在、以前と同じ並びでテーブルを囲んでいる。

「え、マジですか？」

と、ショックを受けた様子で言ってくるのはアイリスだ。

彼女がそうなるのも、仕方のない事に違いない。

なぜならばジークは先ほど、これまでにわかっていた事に追加し、昨晩わかった事を改めてみんなと共有したからだ。

なお、そのわかった事とは——。

ウルフェルトは『蠱毒の術』を用いて、狐娘族《ここぞく》の戦闘《せんとう》技術を奪《うば》っている。

ウルフェルトは『大規模呪術陣』を用いて、人々の命を奪っている。さらにそれと同時、人々の理性を低下させている。

ウルフェルトはなんらかの手段を用いて、ミアの力を奪っている。

前者二つにかんしては、呪《のろ》いを解けば『奪われた物』は持ち主の下へ戻る事を確認《かくにん》済みだ……それにしても。

ウルフェルトは最悪の盗賊《とうぞく》だ。

しかも命すら盗《ぬす》むとなれば、さすがのアイリスも驚《おどろ》くのは当然と——。

「昨日の夜、ユウナと二人で出かけたって……そんなのあんまりですよ！　うえぇぇぇ〜〜〜〜んっ！　私も魔王様にお姫様抱っこされたいですよぉおお〜〜〜〜〜〜〜〜〜っ！」

バンバンッとテーブルを叩《たた》きながら言ってくるアイリス。

どうやら、ジークはまだまだアイリスに対する理解度が、足りていなかったに違いない。

などなど、ジークがため息交じりにそんな事を考えていると。

「しかし、そうなると倒《たお》す手段はあるのですか？　おまえでも、この街にかけられているウルフェルトの呪いは解けなかったのでしょう？」

と、落ち着いた様子で言ってくるのはアハトだ。

彼女は魔力抵抗のなさから、すでに十年分以上の寿命が奪われている可能性が高い。

にもかかわらず、この冷静さは驚愕《きょうがく》に値する。

そんなアハトは、さらにジークへと言葉を続けてくる。

「『数多《あまた》の狐娘族が培《つちか》った戦闘技術』を持ち、それを『ミアの力』で振るい、『数多の人間の命』を蓄《たくわ》え不死を得ている……無敵ではないですか？」

「いや、倒すだけなら簡単な手段がある」

と、ジークはアハトへと返す。

彼はそのまま、その手段を彼女へと伝える。

「ただ単に俺《おれ》が本気を出せばいい」

「それならば――」

「ただその本気というのは、ウルフェルトが蓄えた命が潰《つい》えるまで殺しまくることだ。今となっては、この手は悪手としか思えない」

「いったいなぜですか？」

ひょこりと、首をかしげてくるアハト。

ジークはそんな彼女へと言う。

「ウルフェルトは何回殺せば死ぬのかはわからないが、その間俺がずっと本気で攻撃してみろ——アイリスにも以前言ったが、間違いなくこの周辺は消滅《しょうめつ》する」

「うっ……たしかに、そうなっては元も子もありませんね」

「それに問題はもう一つ、あいつの不死性の仕組みだ」

「不死性の仕組み……っ、まさか！」

と、気がついたに違いないアハト。

彼女は苦い表情で、ジークへと言葉を続けてくる。

「ウルフェルトを殺せば殺すほど、奴が蓄えている命が減る——という事はつまり」

「そう。仮にその手段でウルフェルトを倒し、呪いを解いたとしても、持ち主の下に戻るのは『狐娘族から奪った戦闘技術』のみになる」

「『奪った命』はすでに消費されてしまっているから、ということですね？」

と、言ってくるアハトにジークは頷く。

すると、アハトはすっかり意気消沈《いきしょうちん》してしまっている。

しかし、ジークは何もウルフェルトに勝てないアピールをするために、みんなを集めたわけではない——ジークはそんなに暇《ひま》ではないし、悲観的でもない。

「ん……まおう様、何か考えがある顔してる」

と、いつもの無表情で言ってくるのはブランだ。
さすがはブラン。付き合いが長いだけあり、ジークの事をよくわかっている。
そして、その考え——手段とは至極《しごく》シンプルなものだ。
簡単すぎて、ここに居る誰もが忘れてしまっている。
故にジークは言う。

「ウルフェルトを倒す前に、奴の呪いを解けばいい」

そうすれば、ウルフェルトを倒しても、奴に『奪われた命』は消費されない。
無事にそれらは持ち主の所へ戻るというわけだ。
それになにより、解呪すればウルフェルトは大幅《おおはば》に弱体化するに違いない。
まず何度も倒す必要がなくなる。
加えて、戦闘技術も大幅に劣化《れっか》するのだから。
（かなり面倒じゃなくなるから、どう考えてもスマートな手段だろ）
などなど、ジークがそんな事を考えていると。
「ん……でも、どうやって解呪するの？」

「同意です。おまえでも解呪できないから、先ほどの話になったのではないですか？」

と、順に言ってくるのはブランとアハトだ。

ジークはそんな彼女達《かのじょたち》へと、説明をしようと——。


「あたしがウルフェルトさんの呪いを解くよ」


と、言ってくるのはユウナだ。

実はここに来る道中、ジークは彼女に『解呪の方法』を話していた。

結論から言って、ジークではウルフェルトの解呪は不可能だ。

その点は、あの森で出た結論と変わらない……しかし。

「あたしが《勇者の試練》を受けて、ミアさんの力を手に入れる。そして、あたしがその力を使って解呪をする」

と、堂々とした様子で言ってくるユウナ。

これこそがジークの考えた唯一無二《ゆいいつむに》の手段——真の勇者として覚醒したユウナ。そんな彼女の回復魔法ならば、ウルフェルトの呪いなど瞬時《しゅんじ》に解けるに違いない。

なおかつ、これにはメリットがある。

ジークはそう考えた後、そのメリットを言う。

「ユウナが《勇者の試練》を突破《とつぱ》して、無事に力を継承《けいしょう》する事ができれば、ウルフェルトは『ミアの力』を確実に振るえなくなるっていうオマケもあるしな」

「え、なんでそうなるんです？」

と、ジークの言葉に対し悪魔《あくま》尻尾《しっぽ》で？マークを作ってくるアイリス。

ジークはそんな彼女へと言う。

「言っただろ。あいつは《勇者の試練》からミアの力を盗んでいるってな。例えばそうだな――盗みに入った家の中に、盗む物が何もなかったらどうだ？」

「そんなの決まって……あぁ、なるほど！　そういう事ですね♪」

「わかったようだな、アイリス」

「このアイリス、わかりましたとも！　ユウナがミアの力を引き継《つ》いじゃえば、《勇者の試練》の中にある『ミアの力』は空になる！」

そういう事だ。

元が空になれば、ウルフェルトへの『ミアの力』の供給はなくなるに違いない。

さて、説明も終わったところで本題に入ろう。

「たった今から、俺達《おれたち》はウルフェルトが居座《いすわ》っている城へと攻《せ》め込《こ》む」

アハトの事もあり、戦いはもはや時間との勝負。

正直、こうしている時間すらも惜《お》しいのだ。

故にジークはみんなへと、要点だけを言う。

「まず俺が一人で城に突《つ》っ込んで、ウルフェルト含む冒険者達《ぼうけんしゃたち》の注意を引くように立ちまわる——お前達はその隙《すき》に《勇者の試練》へ向かえ」

「わたし達はユウナの護衛ということですね？」

と、言ってくるのはアハトだ。

ジークはそんな彼女へと言う。

「そういう事だ。俺が陽動役をしたとしても、乗り込む場所は敵だらけの城だ——偶発的《ぐうはってき》な戦闘は避《さ》けられない可能性が高い」

「そうなったときに、ユウナを確実に守り切れる振《ふ》り分け——なるほど、納得しました」

「あぁ。アハト、それにアイリス、ブラン……お前達三人がついて居れば問題はないだろう？」

「無論です」

と、返してくるアハト。

そして――。

「あは♪　私一人でも楽勝ですけどね！」

「ん……余裕《よゆう》」

「あ、あたしもいざとなったら戦うよ！」

と、アハトに続いて言ってくるのはアイリス、ブラン、そしてユウナだ。

ジークは最後者――ユウナへと念《ねん》の為《ため》に言う。

「ユウナはなるべく戦うな。というか、本当に身の危険が迫《せま》った時以外は、戦ったりするな」

「ど、どうして⁉　みんなが戦っているのに、見ているだけなんてっ」

と、納得いかない様子のユウナ。

ジークはそんな彼女へと言う。

「《勇者の試練》がどういうものかわからない。お前にはなるべく力を温存してもらう必要がある」

勇者が作った試練だ。命の危険があるとは思えないが、難易度は相当高いに違いない。

故《ゆえ》にユウナにはベストコンディションで挑《いど》んで欲《ほ》しいのだ。

(本当なら俺も行きたいところだが、俺には俺の役目があるからな)

それになにより、継承者《けいしょうしゃ》以外が《勇者の試練》に付き添《そ》えるとは思えない。

魔王ともなれば当然だ。

などなど、ジークがそんな事を考えていると。

「そういうことなら代わりに——絶対に《勇者の試練》を突破してみせるよ!」

と、元気よく言ってくるユウナ。

ユウナはこの作戦の要だ——彼女が失敗すれば、全てが終わる。

しかし、不思議と確信があるのだ。

「あぁ。お前なら間違《まちが》いなく《勇者の試練》を突破できるよ、ユウナ」

言って、ジークはユウナの頭を撫《な》でる。

その後、彼は改めてみんなへと言うのだった。

「それじゃあ作戦開始と行こう」

第八章　魔王の力

時はユウナ達と別れた後。

場所はウルフェルトが陣取《じんど》っている城――その城門前。

街と同じく、和風建築で造られた巨大《きょだい》な城。

膨大《ぼうだい》な敷地《しきち》をフル活用しているだけでなく、空まで届く程《ほど》の高さを誇《ほこ》っている。

「何度見てもすごい城だな」

この城はミアの為に造られたものであり、ウルフェルトにはまるで相応しくない。

（まったく。ウルフェルトがここの玉座に腰掛《こしか》けていると思うだけで、本当に不快な気分になるな）

とはいえ、ジークがそんな事を考えるのも――そして、ウルフェルトがミアを冒涜《ぼうとく》していられるのも、あと少しの運命だ。

（ユウナ達には『ミハエルから奪った資料』を渡《わた》してある。あれにはご丁寧《ていねい》に『城の見取

り図』と《勇者の試練》の配置も書かれていたから、まず迷う事はないだろ）
それになにより、ユウナには《光の紋章《もんしょう》》がある。
《光の紋章》と《勇者の試練》はきっと引き合うに違いない。
となれば、そもそも地図などいらない可能性が高い。
などなど、ジークはそんな事を考えた後、大きくため息を吐く。
「要するに、後は俺の開始待ちってわけだ」
派手に立ちまわり、ユウナ達が潜入《せんにゅう》しやすい様に陽動する。
となれば、大量の冒険者《ぼうけんしゃ》を相手する事になるに違いない。
（雑魚《ざこ》を相手するのは、本当に作業感がすごいから面倒《めんどう》くさいが……）
ユウナ達のためだ、文句など言っていられない。
ジークは「よし」と一言、気分を一新。
彼は目の前の城門へと手を伸ばし、それを軽くノック——その直後。

風船が割れたかのような、けれどもそれより数倍大きな音。
パラパラと降ってくる、無数の木だった物の破片《はへん》。

（まずいな、もっと派手にやった方が陽動になったか……反省して次に生かそう）
そんなジークの目の前にあった城門は、綺麗《きれい》に消滅していた。
理由は簡単。
先ほどのジークの凄《すさ》まじいノックの衝撃に、門が耐《た》えきれなかったからだ。
と、ジークがそんな事を考えていると——。
「ひっ」
と、ジークの前の方から聞こえてくる声。
見れば、冒険者がジークの方を見て、完全に固まってしまっている。
ジークが扉《とびら》を壊《こわ》した際、偶然《ぐうぜん》近くに居たに違いない——まったく気がつかなかった。
（ちょうどいい、さっきの失敗をこいつで取り戻《もど》すか）
入場を派手に出来なかったのなら、その後を派手にすればいい。
例えば……と、ジークはなるべく邪悪《じゃあく》な笑《え》みを浮《う》かべて冒険者へと近づいていく。
そして、ジークは冒険者の顔の横に手を翳しながら言う。
「恐怖《きょうふ》しろ、魔王《まおう》が攻めて来たぞ」
直後、ジークの手から放たれたのは高密度に圧縮され、光線のようになった魔力《まりょく》。
それは冒険者の頬《ほお》をかすめ、一瞬でその冒険者の背後へと飛んでいき。

巻き起こったのは、フロアを破壊《はかい》しつくす程の凄まじい爆発《ばくはつ》。

気がつくと、ジークの前に居た冒険者は消えていた。

それだけではない——周辺から太く巨大な柱を残し、あらゆる壁《かべ》や床板《ゆかいた》などが消え去っていたのだ。

(さっきの冒険者に『敵襲《てきしゅう》だ！』と叫《さけ》んでもらう予定だったんだが、少し強めに魔力を放ち過ぎたか……やれやれ、加減が本当に難しいな)

現代の人間は脆《もろ》すぎる。五百年前の人間なら、今の攻撃《こうげき》程度余裕《よゆう》で耐えた。

けれど、結果オーライという言葉もある。

「な、なんだ今の爆発は⁉」

「おいあれを見ろ！　あの爆心地《ばくしんち》に立っている男！」

「魔王だ——ウルフェルト様が言っていた魔王だ！」

「お前ら、集まれ！　敵襲……敵襲だぁあああああああああっ！」

と、聞こえてくる冒険者達の声。

奴等はまるで小虫の様に、至る所からその姿を見せてくる。

ざっと見た限り、その数は五百を軽く超《こ》えどんどん増えていっている。

きっと、あと少しすれば千を超えるに違いない。

（一撃《いちげき》で消し飛ばす事は可能だし、棒立ちしていても奴等の攻撃は、《障壁》のある俺には届かないが……そんな事はしない。俺の役目は陽動、なるべく派手に長くいかせてもらうぞ）

考えた後、ジークは床《ゆか》を激しく蹴《け》りつける。

そして、彼は凄まじい速度で一瞬《いっしゅん》にして冒険者の群れへと突っ込んでいき。

「五百年前の人間の様に生き延びて見せろ、俺という災厄《さいやく》から」

言って、すぐ傍《そば》に居た冒険者の顔を掴《つか》み、そのまま彼方へと目にも留まらぬ速度で投げ飛ばす。

直後、巻き起こったのはその冒険者が壁を突き破《やぶ》る轟音《ごうおん》——きっと、本当に彼方へと飛んでいったに違いない。

と、ジークがそんな事を考えていると。

「その首、もらったぁ！　くらえ魔人《まじん》を屠《ほふ》った我《わ》が奥義《おうぎ》――無双《むそう》黒炎　瞬殺斬《しゅんさつ》!!」

ジークの真横から聞こえてくる声。

見れば、冒険者の一人がジークの首目がけ、剣《けん》を振るってきている。

見るからに渾身《こんしん》の一撃。

だが遅《おそ》い――止まって見える。

ジークは近づいて来る剣の腹を、下から叩き瞬時に武器破壊。

「武器が破壊されたなら、呆然《ぼうぜん》とする前に回避《かいひ》行動を取れ」

言って、ジークは身体《からだ》を捻《ひね》り、その冒険者の腹へと音速の後ろ回し蹴《げ》りを放つ。

それと同時――。


パンッ！


と、音を立てて消滅する冒険者。

どうなったかなど説明するまでもない。

「さぁ、どんどん来い。この俺を止めて見せろ」

ジークがそう言った直後、ジークに押《お》し寄せてくるのは冒険者達の波。

懐《なつ》かしい。数だけで言うならば、まるで五百年前の戦場のようだ。

などと、ジークはそんな事を考えながら、冒険者の波の中を舞《ま》う。

背後から突きだされた槍《やり》を余裕で躱《かわ》し、繰り出し手へ拳《こぶし》による突きで反撃《はんげき》。

飛んできた矢を掴み、それを射手の額へと何倍もの速度で投げ返す。

無数の乱打を放ってきた奴には、無数の乱打で返し真正面から粉砕《ふんさい》。

放たれた魔法《まほう》には魔力で介入《かいにゅう》し、その軌道《きどう》を逸《そ》らして全て放ち手に返して周囲ごと爆砕《ばくさい》。

時にはジークから近づき、冒険者を投げ、吹き飛ばし、破裂《はれつ》させ。

粉砕粉砕粉砕――真正面からあらゆる敵を、堂々と撃《う》ち破っていく。

…………。

…………………。

……………………。

そうして、戦い続けて体感にして数分。

いくら雑魚相手とはいえ、ジークのテンションも中々に上がって来た――故に。

「どうした、こんなものか冒険者⁉　もっと俺に抗《あらが》って見せろ！」

言って、ジークは傍に居た冒険者へ瞬時に接敵。

そのままジークは冒険者が反応する前に、その冒険者の足を掴んで武器とする。
そして、彼《かれ》はフレイルの要領で、その冒険者を振り回す。

回せば回すほどに巻き起こるのは破壊の暴風。
ジークは台風の目の様に、周囲の全てを破砕《はさい》していき。

メキョ、ドゴンッ。
と、突如《とつじょ》聞こえてくる異音。
見れば、ジークのフレイルの持ち手から先がなくなっていた。
(中々に馴染《なじ》む武器だったんだが、少し乱暴に扱《あつか》い過ぎたか)
となれば、次の武器を探す必要がある。
ジークがそうして、品定めをするが如《ごと》く周囲を見回すと。

「バカな……っ」

ジークの周囲から冒険者達は居なくなってしまっていた。

要するに、気がつかない間に全員倒してしまったのだ。

（まずい……何分で全員倒した？）

ジークの体感ではまだ五分そこいらだ。これでは全く陽動にならない。

フレイルを回し続けて攻撃するのは、さすがにやりすぎたに違《ちが》いない。

少なくとも、あれをする前はまだ冒険者はかなり残っていた。

（早く次を探さないとまずいな。もっと陽動して――ん、この気配は？）

感じる、遠くからジークの方へと近づいて来る気配。

間違いない。この気配は――。


「勝った気になっている様だな魔王！」


と、ジークの思考を裂《さ》く様に聞こえてくる声。

見ればいつの間にやら、ジークから離れた位置に八人の男が立っていた。

黒いフード付きのローブで顔を隠し、自信ありげに笑う口元だけを見せる男達。

ジークはそんな奴らへと言う。

「なんだおまえ達は？　さっきの冒険者達より強いのか？」

「バカめが！　当たり前の事を言うんじゃあない！」

そんな男の声と同時、巻き起こる笑い。

とりあえず、こいつらが不快な連中というのはわかった。

などなど、ジークがそんな事を考えていると。


「我が名はジョーズ！　ウルフェルト様直属——最強の呪術集団《じゆじゆつ》『八呪星』が第一位！」

「私の名はメグ！　八呪星第二位——貴様と同じ種族を、かつて呪い殺した事がある！」

「僕《ぼく》の名はディープ。八呪星の三位だ……あの剣聖《けんせい》に呪いをかけ、力を奪った者だ」

「俺はネードだ！　八呪星四位、千人呪殺を経て最強の呪いを手に入れた者だ！」

「メガロ、八呪星五位。最強竜《りゆう》『ウロボロス』を呪殺したのはこのメガロだ」

「わたしはシャーク、八呪星の六位。あらゆる者を触《ふ》れるだけで殺す呪いを使う者」

「拙者《せつしや》がロスト。八呪星七位——一子相伝たる伝説の呪術を操《あやつ》る物でござる」

「自分がマーケット、八呪星の第八位！　こう見えて呪術界のエリートなんで、よろ！」

どうでもいい名乗りを上げてくる八呪星達。
最初の男——ジョーズはジークへと言ってくる。

「貴様は終わりだ魔王。我等八呪星はかつて、魔王に匹敵《ひってき》すると恐《おそ》れられた魔物《まもの》──『西の山の古狼《ころう》』をも葬《ほうむ》っているのだ」

「ほう……たしか魔狼《まろう》族の長《おさ》だったな」

と、ジークはジョーズへと返す。

そんなジークはジョーズへとさらに言葉を続ける。

「驚いた、まだ生きていたのか」

「くくっ、知っている様だな！　奴《やつ》との戦いは三日三晩に及《およ》んだ！　それでも最後は、我らが呪術の前に死んだよ！」

「それはすごい──古狼の奴も、歳《とし》による戦闘力《せんとうりょく》の低下には勝てなかったわけだ」

「ははっ、我等に強がりを言えるのも今のうちだ！」

「事実を言ったまでだ。全盛期《ぜんせいき》の奴と戦えば、おまえ達は瞬《また》く間《ま》にひき肉になっていただろうな──あぁ、ところでその『我等』とやらが俺の相手もしてくれるのか？」

「その通り。八呪星の力をもって、貴様も古狼と同じ場所に送ってやろう！」

「で、その『我等』はどこに行った？」

「貴様はいったい何を言っている。そんなのここに──」

と、固まるジョーズ。彼はみるみる青い顔になっていく。

しかし、彼がそうなるのも当然だ——なんせ。

「気がつくのが遅い。お前の仲間は名乗りを上げた直後、俺が瞬時に全員倒した——もちろん一撃でな。そこを見て見ろ、壁におかしなポーズでめり込んでいるぞ」

「ふ……ふふっ、嘘《うそ》だぁあああああああああああああっ！」

と、ジークを指さし叫んでくるジョーズ。

ジークはそんな奴へと言う。

「黙《だま》って後ろを見て見ろ。七人全員が——」

「貴様、嘘をついているな！　八呪星の一員たるものが、こうも簡単にやられるわけがない！　ルコッテの街の勇者を知っているか⁉　我等は親善試合にてあの最強魔法使《まほうつか》い——エミール様にも認められたんだぞ！」

「じゃあ、お前の仲間はどこへ消えた？」

「う、うるさい！　何をした⁉　貴様はいったい我等に何をしたんだ⁉」

と、パニックに陥《おちい》っているに違いないジョーズ。

しかし、聞かれたのならば答えてやるのが魔王の流儀《りゅうぎ》だ。

「わかった。何をしたのか見せてやろう——見やすい様に、特別にゆっくりやってやる」

「ひ、ぅ……ま、待て！」

と、ジークへ言ってくるジョーズ。

奴は尻《しり》もちを突き、服を汚物《おぶつ》で濡《ぬ》らしながらジークへと言葉を続けてくる。

「こ、降参する。だからお願い、します……い、命だけは！　妹が……妹が居るんだ！

だから、こんなところで死ぬわけには——」

「そうやって命乞《いのちご》いした奴を、お前は生きて帰したのか？」

「わ、わかってる！　信じてもらえないかもしれないけど、これからは心を入れかえる。

殺した人の分も償《つぐな》う、精一杯《せいいっぱい》やる——だ、だから！」

「ちっ……とっとと失《う》せろ」

ユウナじゃないが、この冒険者——ジョーズはまだ更生《こうせい》の余地がある。

なんせ、ジークに訴《うった》えかけてきた冒険者の言葉、その瞳《ひとみ》からは嘘が感じられなかった。

「た、助けてくれるのか⁉」

と、聞こえてくるジョーズの声。

奴は涙《なみだ》を流しながら、ジークへと言葉を続けてくる。

「あ、ありがとう！　いつか恩を返す。今日の事を絶対に忘れ——」

不自然に止まるジョーズの言葉。その直後。

ジョーズの身体の内側から溢《あふ》れだしたのは、黒紫《くろむらさき》の炎《ほのお》。

それは瞬く間にジョーズの身体全てを包んでいき。

「ぎゃぁあああああああああああああああああああああっ⁉　あ、あぎゃああああああああああああああああああああああああっ⁉」

響《ひび》き渡るジョーズの絶叫《ぜっきょう》。

ジークがジョーズを助けようとする間もなく、彼は灰すら残さず消えてしまう。

当然だが、ジョーズを殺したのはジークではない。

(今のは呪術。ジョーズの体内に仕込《しこ》まれていたのか？　俺ですらも気がつかず、ここまで迅速《じんそく》に対象を殺しつくすとは)

ジークが知る限り、そんな事ができるのは一人しかいない。

などと、ジークがそんな事を考えていると。

「オレは裏切者を許さねぇ主義でなぁ」

聞こえてくるのは野太く、耳障《みみざわ》りなウルフェルトの声。

見れば、ウルフェルトが二階へ続く階段から、一階へと降りてきているところだった。

ジークはそんなウルフェルトへと言う。

「お前が近づいて来ているのは、気配でわかっていたが。奴隷《どれい》だけではなく、部下に対しても随分《ずいぶん》な扱いだな」

「褒《ほ》めてもらって光栄だ」

「ウルフェルト。お前は勇者として最低最悪——その強さも借り物となっては、もはや褒める要素が一つもない」

「あぁ？　なんだ、オレの秘密を解いたのか？　そいつぁすげぇ——で、随分とお暇な魔王は、このオレにいったい何の用だぁ？」

「言ったろ、お前は勇者に相応《ふさわ》しくない。だから、ここへはそれを証明しにきた」

「証明、ね……」

と、ジークの方へとやってくるウルフェルト。

奴はジークの傍で止まると、そのまま言ってくる。

「たった一人でか？」

「笑わせるな。お前のような似非《えせ》勇者を倒すのに、仲間をゾロゾロと引き連れてくる理由があるか？」

「上等ぉ……部下共じゃ貴様を止められねぇよぉだし。オレもてめぇを倒す準備ができてるからなぁ——ちょうどいいタイミングだぜ」

言って、ウルフェルトは大きく足をあげ、それを地面へと勢いよく振り下ろす。

すると巻き起こったのは、イノセンティア全体を揺《ゆ》るがすほどの地震《じしん》。

さすがミアの力と言わざるを得ない。

そして、そのウルフェルトの行為《こうい》はパフォーマンスではなかったに違いない。


激しい震動によって崩《くず》れる天井《てんじょう》。

上層より落ちて来たのは、金色の鉄塊《てっかい》。


「紹介《しょうかい》が遅《おく》れたなぁ。こいつがオレの相棒——そして、貴様を殺す死神だ」

ニヤッと口を醜悪《しゅうあく》に歪《ゆが》めて言ってくるウルフェルト。

そんな奴の手に握《にぎ》られているのは、金色の巨大斧《きょだいおの》——その正体は。

「《ヒヒイロカネ》で出来た武器か」

「おうよ。もう知っている様だから言うが、オレにはミアの力がある」

と、ジークの言葉に返してくるウルフェルト。

奴はそのままジークへと言葉を続けてくる。

「そして、その力を扱う戦闘《せんとう》技術も持っている」

「だろうな、お前はそれ相応の物を狐娘族《ここぞく》から奪《うば》ったんだからな」

「焦《あせ》るなよ魔王。そして、そんなオレは貴様を倒《たお》せる武器を手に入れた。さらにそこに加えて不老不死……オレはいま最強で無敵となった。意味がわかるな魔王？」

「わからないな。教えてくれるか？」

「そうか、わからねぇか……だったら教えてやるしかねぇな」

と、カラカラと笑うウルフェルト……その直後。


「貴様を殺す」


言って、大斧《おおおの》を片手に凄まじい速度で突っ込んでくるウルフェルト。

同時、ジークに襲《おそ》いかかってくるのは奴が放つ必殺の斧。

いくらジークでも《ヒヒイロカネ》の武器の直撃《ちょくげき》は、命にかかわる……故に。

「しっ！」

ジークはウルフェルトより後に放ってなお、奴より速い速度で抜剣《ばっけん》。

彼はそのまま光に至る速度で、剣をウルフェルトの斧へと叩《たた》き付ける。


そうして響き渡ったのは、雷鳴《らいめい》の様な音。

あらゆる物を薙《な》ぎ払《はら》う暴風。

まるで太陽の様に明るく、鮮《あざ》やかに飛び散る閃光《せんこう》。


「オレの――ミアの力に拮抗《きっこう》するとは、さすがは魔王！」

と、言ってくるのはウルフェルトだ。

奴はそのまま、凄まじい力でジークの剣を押し込めながら言ってくる。

「だが、オレの力はまだまだこんなもんじゃねぇ！」

「今回は随分と好戦的だな。いったいどういう心境の変化だ？」

「言ったろ、貴様を殺す準備が出来たってな――それに、オレは貴様から奪いたいものがあるからなぁ！」

「それはいったいどういう意味だ？」

「ユウナ――感じるぜ、あいつは『ミアの正統なる後継者《こうけいしゃ》』だろ？」

「っ……なぜそれを知っている⁉」

「さぁ、どうしてだろうなぁ⁉　気になるよなぁ魔王⁉　だから一つだけ教えてやる――貴様を殺して、ユウナはオレが貰《もら》うぜ！」

言って、斧に更《さら》なる力を込めてくるウルフェルト。

同時、ジークの身体が地面から浮き上がり、剣もろとも背後に吹《ふ》き飛ばされる。

このままでは壁へと、叩き付けられてしまうに違いない。

（ちっ……褒めるのは癪《しゃく》だが、さすが『ミアの力』を『狐娘族の戦闘技術』で使っているだけあるな）

考えた後、ジークは空中ですぐさま身を捻る。

そして、彼は両足で衝撃《しょうげき》を殺しながら、壁へと着地。無論、これで終わったりはしない。

（俺《おれ》の役目は陽動。ウルフェルトは殺せないとはいえ、ある程度やらないとな）

ジークは足に力を込め、足場の壁を爆散させながら、ウルフェルトめがけ疾走《しっそう》。

音を置き去りにし、凄まじい速度でウルフェルトへと近づいて行く。

ジークは奴との距離《きょり》が一定になったところで。

「行くぞウルフェルト、次は俺の番だ」

そうしてジークが繰《く》り出したのは――。

音速を超え光速にさえ至る斬撃。
剣は摩《ま》擦熱《さつねつ》で赤熱し、鮮やかな線を空に描《えが》く。
並大抵《なみたいてい》の者では防ぐどころか、目視すら不能の至高の一撃。

それはそのままの速度で、ウルフェルトへと進んでいくが。
「前に言ったよなぁ、貴様はその程度かってよぉ⁉」
聞こえてくるのは、嘲《あざけ》るように余裕たっぷりなウルフェルトの声。
そんなウルフェルトは、ジークの攻撃《こうげき》がハッキリと見えているに違いない。
奴はジークの攻撃に合わせるように、異常な速度で大斧を振るってくる。
そしてその直後――。
光速に近い剣と斧がぶつかり合い、巻き起こったのは爆発。
周囲を焼き尽《つ》くすほどに眩《まぶ》しい火花。
周囲のあらゆる物を等しく崩壊《ほうかい》させる圧倒的《あっとうてき》な衝撃。

「何回でも言うぜ、魔王。この程度かよ？」

と、ニヤリと不愉快《ふゆかい》な笑《え》みを浮かべてくるウルフェルト。

ジークはそんなウルフェルトへと言う。

「安心しろよ、ウルフェルト」

言って、ジークは剣の角度を変える事により、ウルフェルトの斧を受け流す。

ジークは奴の斧が左に逸れていくのを見るや否《いな》や――。

「俺の攻撃はまだまだ終わりじゃない」

むしろ、これからが始まりだ。

考えた後、ジークは剣を右斜め上へ構え、そのまま左下へと一気に振り下ろす。

その異常な速度に剣は再び赤熱し、音を置き去りにするが。

ジークの手に伝わってくるのは、先ほどまでとはまるで異なる衝撃。

否、今まで感じた事のない感覚。

「よう、魔王……貴様の攻撃は通用しねぇって、まだわからねぇのか？」

聞こえてくる不敵で不快なウルフェルトの声。

奴は左手でジークの攻撃を止めていた——ジークの剣を指で軽くつまむ事により。

要するに、形こそ違えど白刃《しらは》取りの要領に違いない……しかも。

（こいつ、どういう握力《あくりょく》をしている？）

ジークが剣を押し込もうとしても、まるで動かないのだ。

なんにせよ、このままウルフェルトの間合いで膠着《こうちゃく》するのはよくない。

考えた後、ジークはウルフェルトを殺さない様、奴の腹に音速の右回《まわ》し蹴りを叩き込む。

その威力《いりょく》は常人なら消し飛ぶ程——最強レベルの格闘家《かくとうか》であってもしばらく行動不能になるに違いない……だが。

ジークの足に伝わってくるのは、破壊不能の鉱物を蹴ったような鈍《にぶ》い感覚。

「通用しねぇんだよ、魔王。前と違って今回のオレは本気……しっかりと身体に力を入れてるからなぁ——チープな言い方だが、筋肉の鎧《よろい》ってわけだ」

と、余裕の笑顔すら見せてくるウルフェルト。

本当に効いている様子がない。

となれば、ジークにも考えがある。

「だったら、これを全部受けてみろ」

言って、ジークは足をすぐさま引き、再度ウルフェルトの左腕《ひだりうで》へと音速の蹴りを放つ。
すると、さすがに剣を離《はな》してくるウルフェルト。
それを確認《かくにん》した後、ジークはすかさず数歩分ウルフェルトから距離を取り体勢を整え。

斬《き》った。

斬って斬って斬りまくる。
繰り出すのは無数の連撃。
音も光も全てを置き去りにし、赤熱した赤い刃《やいば》を振《ふ》り続ける。
その数、秒間およそ一万。
周囲の地面は抉《えぐ》れるように消し飛び、衝撃波《しょうげきは》は離れた壁や天井を破壊していく。
まさに剣の嵐《あらし》——ジークの刃圏《はけん》の内に入った者は、悉《ことごと》く消滅《しょうめつ》する程の斬撃。
そうして十秒だ。
ジークは十秒間——およそ十万の斬撃をウルフェルトへと放った。
にもかかわらず。

「終わりなら、順番的に次はオレだなぁ？」

ウルフェルトは無傷。
奴は身《み》の丈《たけ》を超える大斧を巧《たく》みに使い、ジークの攻撃全てを叩き落としたのだ。
まさしく絶技。
『ミアの力』と『狐娘族の戦闘技術』がなければ、到底《とうてい》再現不能に違いない。
と、そうこう考えている間にも、攻撃モーションを取って来るウルフェルト。
ジークはすぐさま防御《ぼうぎょ》態勢を取ろうとするが。
「手遅《ておく》れなんだよ、雑魚がぁあああああああああああああああっ！」
言って、ジークへと斧を凄まじい速度で振るってくるウルフェルト。
タイミング的に避《よ》ける事は――。

「ぐ――っ」

ジークは胸部に斬撃を受け、凄まじい速度で後方へと吹き飛ばされる。
身体は壁にぶつかり止まったものの。

（さすがに……《ヒヒイロカネ》による斬撃は、響くな）

ジークの胸部からは、凄まじい量の血が流れ出ている。

かなりのダメージだ。

このまま放置しておけば、死ぬ可能性も充分《じゅうぶん》にある。

故《ゆえ》にジークはすぐさま回復魔法を使い、傷を回復させていく。

「一撃じゃ死なねぇとは……腐《くさ》っても魔王か」

と、聞こえてくるのはやや離れた位置に居るウルフェルトの声。

ジークは怪我《けが》を治癒《ちゆ》させた後、剣を支えに立ち上がる。

そして、彼はそのままウルフェルトへと言う。

「当たり前だ……この程度で負けて、たまるか」

「随分強がっている様に見えるけどなぁ」

「黙れ！　俺、は……お前のような似非勇者に、負けたり……しないっ！」

「上等ぉ！　だったら、次で止《とど》めを刺《さ》してやるよ！」

「それはこっちの台詞《せりふ》だ！」

言って、ジークは剣をウルフェルトへと構える。

と、ここでジークはふと我に返ってしまうのだった。

（さすがに今の台詞は臭《くさ》すぎたか？　演技には自信がないからな……ウルフェルトにバレていないといいんだが）

忘れがちだが、これはあくまで陽動。

ジークの役目は冒険者を引きつけるだけではない——本命のウルフェルトを、この場に拘束《こうそく》しておくことこそが大切なのだ。

冒険者はともかく、ウルフェルトがユウナの下《もと》へ向かってしまえば終わる。

確実にユウナ達《たち》では対処は不能なのだから。

（『俺に勝てそう』と思わせておけば、ウルフェルトは絶対にここから離れない）

今のところ、全てはジークの想定通りに進んでいる。

わざと攻防《こうぼう》を拮抗——若干《じゃっかん》ウルフェルトに押されている様に見せる。

わざと致命的《ちめいてき》な隙《すき》を晒《さら》す——これにより、死なない程度にウルフェルトに斬らせる。

（癪だが、きっと今ウルフェルトは『魔王をボコボコに出来ているオレつぇえええええええええええええええええっ！』とでも思っているだろうな）

人は誰《だれ》しも勝っている時が楽しい、故にそういう時ほど調子に乗る。

結果、周囲が見えなくなる。

（ユウナが《勇者の試練》をこなすまで、俺の手のひらの上で踊《おど》ってもらうぞ）

考えた後、ジークはウルフェルトへと突《つ》っ込《こ》んで行くのだった。

次はどこを斬らせてやるか……そんな事を考えながら。

第九章　勇者の試練

時はジークがウルフェルトと戦っている頃《ころ》。

ユウナ達は無事、ウルフェルトが居座《いすわ》っている城へと侵入《しんにゅう》していた。

なお、侵入経路はジークと異なり裏口からだ——その理由は簡単。

「ん……なるべく敵に見つからない様に進むから、いつもみたいに騒《さわ》がないで」

「わかってますよそんなの！　っていうか、雑魚《ざこ》敵と戦うの私的にも面倒《めんどう》なんで、なるべく交戦したくないのは私も一緒《いっしょ》ですよ！」

「だから、おまえはその声が大きいと言っているのです！」

と、聞こえてくるのはブラン、アイリス、そしてアハトの声だ。

彼女達《かのじょたち》が敵に見つからない様に、進んでくれている理由もまた簡単。

（あたしが《勇者の試練》に万全《ばんぜん》の態勢で挑《いど》めるようになんだよね。あたしも頑張《がんば》らなきゃ！）

彼女達の期待に応《こた》えるため、そしてジークの期待に応えるため。

などなど、ユウナがそんな事を考えていると。

「あ、こっちですよこっち！」

と、聞こえてくるのは、城の見取り図を持っているアイリスの声だ。

彼女《かのじょ》はなにやら地図を回転させながら、さらに言葉を続けてくる。

「えーと、やっぱりこっちですね♪」

「ん……ブランは今ものすごく心配」

「アイリス。まだ間に合いますから、その地図を渡《わた》してください」

と、そんなアイリスの声に続くのは、不安そうな様子のブランとアハトの声。

彼女達はすぐに「ああでもないこうでもない」と地図の取り合いに――。


「おい、なんだこいつらは!?」

「魔王《まおう》の仲間――別動隊だ！」


と、突如聞こえてくるのは男達の声。

ユウナがそちらに視線を向ければ、そこに居たのは冒険者《ぼうけんしゃ》。

ジークが心配していた、意図せぬウルフェルトの配下との接敵だ。

もはや地図で争っている場合ではない。

ユウナは三人を守るためにも、剣を抜《ぬ》こうとするが。

「はいはい、ユウナは引っ込んでいてくださいね♪」

と、それよりも早く聞こえてくるのはアイリスの声だ。

彼女はいつの間に移動したのか、ユウナの目の前に出てくる。

そして、そんな彼女は冒険者をめがけ、軽く手を薙ぎながら言う。

「私達がここに居ることがバレると非情に困るので、どうぞどうぞ――ネズミにしてあげますよ♪」

その直後今にも襲いかかってきそうだった冒険者達は――。


「……チュウ」

「チュウチュウチュウ！」


ネズミになった。

無論、身体は人間のままだ。しかし、彼等は四《よ》つん這《ば》いになり、どこかへと鳴きながら走り去ってしまう。

ユウナはその様子を見た後、アイリスへと言う。

「えっと、何をしたの？」

「あは♪　もう、本当はわかってるくせにぃ！　精神操作魔法で思考回路をネズミにしたんですよ！」

と、返してくるアイリス。

ユウナはそんな彼女へと、すぐさま続けて言う。

「そ、それってしばらくしたら、ちゃんと治るの？」

「え、治るわけないじゃないですか！　一生チューチューちゃんですよ♪」

「そんな――っ」

「う……うそうそ、嘘ですからそんな顔しないでくださいよ！　私がそんな酷《ひど》い事するわけないじゃないですか♪」

「だよね！　ありがとう、アイリスさん――あたし、本当はアイリスさんがいい人だって、わかってたから！」

「うぐっ……事が済んだらあの冒険者を捜《さが》して、精神操作魔法を解かないとですね（ぼそぼそ）」

「？」

ユウナはアイリスが最後に言った事が聞き取れなかった。

故に彼女はアイリスへと、再度声をかけようと――。

「仲間の様子が変だから来てみれば！」

「おい、お前ら！　敵だ！　敵が居るぞ！」

と、聞こえてきたのは冒険者達の声。

見れば、声に寄せられ冒険者達が二十名ほど集まって来ていた。

きっと、先のネズミ冒険者を見つけてやってきたに違いない。

これはもう、本格的な交戦は避けられない。

(ジークくんには止められているけど、こうなったらあたしも戦わないと！)

考えた後、ユウナは剣《けん》へと手をやる。

そして、彼女は一歩踏《ふ》み出し冒険者達へ――。

「おまえは下がっていてください、ユウナ」

と、聞こえてくるのはアハトの声。

彼女はユウナの前に出ると剣を引き抜く。そして、彼女は冒険者達へと言う。

「おまえ達の前に居るのは、真の勇者——言うなれば、おまえ達が本当に仕えるべき主です。それでも道を空けないのですか？」

「はぁ？　なに言ってんだてめぇ！」

「そうですか、わからないのなら結構」

と、アハトが言った瞬間《しゅんかん》、城全体が爆音《ばくおん》と共に大きく揺れる。

きっと、どこかでジークがウルフェルトと戦っているに違《ちが》いない。

そして、その事はアハトも気がついたに違いない。

「わたし達のために時間稼《かせ》ぎをしているジークのためにも、こんな所で足止めされるわけにはいかないのです」

言って、アハトは剣を構えた——その直後。


アハトの姿が消える。


「なっ⁉」

「いったいどこに行きやがった⁉」

と、聞こえてくる慌《あわ》てた様子の冒険者達の声。

彼等《かれ》はアハトを完全に見失っているに違いない。

だとするならば――。

「残念ですが、これで終わりです」

聞こえてくるのはアハトの声。

見れば、アハトが居るのは冒険者達の中央。

要するに、彼女は移動したのだ。目にも留まらぬ速度で、冒険者達の懐《ふところ》へ――アハトの剣が確実に届く間合いへと。

「こ、殺せ！」

「囲んで袋叩《ふくろだた》きにしろ！」

と、途端《とたん》に騒ぎ出す冒険者達。

きっと、彼等はようやくアハトの実力がわかったに違いない。

『こいつは舐《な》めてかかるとやばい』と。

だがしかし、認識《にんしき》を改めるのはやや遅《おそ》かったに違いない。

キンッ。

と、聞こえてくるのは、鉄の美しく澄《す》んだ音。

アハトが剣を鞘《さや》へと納めたのだ。

「てめぇぇぇぇぇぇぇぇぇぇぇぇぇぇぇぇ！」

「舐めてんじゃねぇぇぇぇぇぇぇｘ！」

「剣を使うまでもねぇってか⁉」

と、何を勘違《かんちが》いしているのか、怒声《どせい》を撒《ま》き散らしながら興奮する冒険者達。

しかし、ユウナにはわかる――アハトは決して挑発《ちょうはつ》しているのではない。

そして、ユウナにはかろうじて見えた。

（すごい……技の精度だけで言ったら、ジークくんを越《こ》えてる？）

などと、ユウナがそんな事を考えていると。

「ぐっ」

「が、はっ――」

「て、め……なに、を」

と、次々に崩れ落ちていく冒険者達。

アハトは見るからに冷たい様子の視線で、そんな彼等へと言う。

「安心しなさい。命まで取るつもりはありません。なにより、そんな事をすればユウナが悲しみます」

要するに、アハトは斬ったのだ。

凄《すさ》まじい速度で冒険者達に接敵した後、凄まじい速度で剣を振るった。

(見えた限りで各冒険者さんに十回ずつ——合計で二百回。それも殺さない様に加減して、冒険者さんの関節を狙《ねら》うなんて)

ジークはかつて、アハトの剣技はミアに匹敵《ひってき》していると言っていた。

ということはつまり——。

(あたしもアハトさんみたいに、成れるのかな?)

いや、それではダメだ。

みんなの期待に応えるため、そして自らの願いの為《ため》にそう成るのだ。

と、ユウナがそんな事を考えていると。


「おいなんだこれ!」

「全員やられてるぞ!」

「こい！　宿舎の奴等《やつ》全員連れて来い！」

と、またも聞こえてくる冒険者たちの声。
見れば、廊下《ろうか》の奥《おく》から先の数倍の冒険者たちが押《お》しかけてきている。
これはさすがにまずい——もはや温存とか考えていられるレベルではない。
というより八方塞《ふさ》がりだ。
なんせ、この数の冒険者達と戦えば、ユウナも戦わざるを得ない。
そして、この数の冒険者と戦えば、確実に目立つ。
そうなれば最後、どんどん冒険者達が押し寄せて来て、無限に戦うことになる。
(ど、どうしよう！　早く《勇者の試練》までたどり着かないといけないのに！)
アハトが言っていた通りだ。
ユウナはジークに負担をかけない為にも、早く先に進まなければ——。
「ん……これ以上、まともに戦うのはバカらしい」
と、ユウナの思考を断《た》ち切る様に聞こえてくるのはブランの声。
その直後。

廊下を塞ぐように現れたのは、巨大《きょだい》で分厚い氷の壁《かべ》。

ガラスの様に澄み渡り、向こう側が透《す》けているにもかかわらず。

「〜〜〜〜〜〜〜〜〜〜〜っ！」

「〜〜〜〜〜〜〜〜〜〜〜〜〜〜〜〜〜〜〜〜!!」

と、廊下を塞ぐブランの氷壁《ひょうへき》の向こう側で、必死に氷に攻撃している冒険者達。

けれど、彼等はブランの氷壁を壊《こわ》すどころか、傷一つ付けられていない。

(ブランさんなら当然だけど、すごい氷魔《ま》法《ほう》。ジークくんの闇魔《やみま》法《ほう》とは、また別のすごさを感じる……なんというか、とっても綺麗《きれい》でまるで芸術品を見ているみたい)

などなど、ユウナがそんな事を考えていると。

「……！　………ドヤ」

と、ユウナの視線に気がついたに違いないブラン。

無表情ながらも、なんだか誇《ほこ》らしげだ。

などと、ユウナがそんな事を考えていると。

「さぁ、続きを行きましょう。地図はわたしに渡してもらいますよ」

「え〜〜〜〜〜〜〜〜〜っ〜！　卑怯《ひきょう》ですよ！　まだ私のターンですよ！　エンド

フェイズはまだまだなんですよ！」

と、聞こえてくるアハトとアイリスの声。

どうやらまだ地図の取り合いは、終わっていなかったに違いない。

そこで、ユウナは少し前から思っていた事を言うのだった。

「あの、よかったらあたしに任せて貰えないかな。うっすらとだけど、《勇者の試練》がある場所がわかる気がするの――なんだか、呼ばれているような」


そうしてしばらく経《た》った頃。

現在、ユウナ達は地下へ続く大階段を下りていた。

「本当にこっちで合ってるんですか？　やっぱり私に任せた方が、絶対に安心ですって！」

「ん……アイリス、根拠《こんきょ》のない自信はやめて」

「アイリスは頼《たよ》れる時と、そうでない時の差が激しいですからね」

と、ユウナの背後から順に聞こえてくるのはアイリス、ブラン、そしてアハトの声だ。

ユウナはそんな彼女達へと言う。

「どんどん気配というか――あたしを呼ぶ声が強くなっている気がするから、多分もうす

「っていうかユウナ。さっきから地図みてないのって、地味に凄くないですか!?　でもでもアレですよ——もし間違《まちが》ってたら、お詫《わ》びに一エッチですよ♪」

「多分、《勇者の試練》とユウナの《光の紋章《もんしょう》》が共鳴してる。厳密に言うなら……ん、《勇者の試練》の中にある『ミアの力』と共鳴してる」

「なるほど。ニュアンスで言うなら、『ミアが後継者を呼んでいる』といった感じですか」

と、ユウナの言葉に順に返してくるアイリス、ブラン、そしてアハト。

ユウナはそんな彼女達へと言う。

「そうだと、ミアさんがあたしを認めてくれているみたいで、とっても嬉《うれ》しいんだけど……あ、階段が終わるみたい！」

言って、ユウナは階段を駆《か》け下りていく。

そして、そんな彼女の目の前にあったのは——。

「あは♪　壁ですよ！　壁！　どうやらユウナは間違っていたみたいですね！　これはお仕置きエッチが必要ですよ！」

と、聞こえてくるアイリスの声。
彼女の言う通り、目の前にあるのはただの大きな壁――扉《とびら》などは何もついていない。
しかし、おかしい。
(どういう事？　あたしを呼ぶ声は、さっきよりも格段に強くなってるのに)
しかもその声は、確実にこの壁の向こう側から聞こえてくるのだ。
ユウナは念のため、壁に何度も触《ふ》れてみる。だが、当然の如く壁は壁のまま。
ひょっとしたら、本当にユウナの勘違いだったのかもしれない。
見当違《けんとうちが》いの方向に来て、時間を無駄《むだ》にしただけの可能性が――。
「ユウナ、下がってください」
と、ユウナの思考を断ち切るように聞こえてくるのはアハトの声。
彼女はユウナが下がるや否や、剣へと手を伸《の》ばし――。

キンッ。

冒険者を相手にした時と同様、響《ひび》く鉄の澄んだ音。
アハトが剣を鞘へと納めた音だ。

「階段を下りた先、在ったのはこの壁のみ。他に通路も何もなかったので、違和感《いわかん》しかありませんでした──そもそもそれでは、階段の存在意義が疑われますから」

と、振り返ってユウナの方へと歩いて来るアハト。

彼女はユウナの傍《そば》で立ち止まると、そのまま彼女へと言葉を続けてくる。

「しかも、見た限りユウナは『この先に何かがある』と確信を持って進んでいました──となれば、先の事と併《あわ》せてこの壁が怪《あや》しいのは明白……よって」

そこまで言うと、再び壁の方へと向きなおるアハト。

彼女はニッコリ笑顔《えがお》で、ユウナへと言葉を続けてくる。

「斬らせてもらいました」

直後──。

壁に入るは無数の線。

それは見る間に百、二百、千、二千と増えて行く。

間違いない。アハトの斬撃の痕《あと》だ。

先ほど彼女が剣に手を伸ばした時、一瞬《いっしゅん》で斬撃を何度も繰り出したに違いない。

（すごい。冒険者さんを相手にしたときより全然すごい……だって、今回は全く見えなかった。これがアハトさんの本気──ジークくんを倒《たお》したミアさんの剣技）

などなど、ユウナがそんな事を考えていたまさにその時。

無数の斬撃線に従って、崩《くず》れ落ちていく壁。


斬撃が多すぎたに違いない。

それらは瓦礫《がれき》とならず、地面に叩《たた》き付けられた衝撃で砂塵《さじん》となっている。

「さぁユウナ。道は開けました、歩みを進めてください──終点は間もなくなのでしょう？」

と、優《やさ》し気《げ》な表情を見せてくるアハト。

ユウナはそんな彼女に頷《うなず》いた後、壁があった向こう側へと眼を向ける。

そこに在ったのは通路──奥から感じる、これまで以上の気配。

（この奥だ。間違いなく《勇者の試練》がある）

考えた後、ユウナは仲間達と共に通路の奥へと進んでいく。

………。

……………。

………………。

けれど、そこで待っていたのは想像を絶する光景だった。

「なに、これ？」

ユウナは思わず、口からそんな言葉が飛び出してしまう。

さて、そんな彼女の目の前にあったのは――。

コロシアム程《ほど》はある大きな空間。

最奥《さいおう》に座す巨大な門。

そして。

「大量の棺桶《かんおけ》……いったい、ここは、ここで何をしているの？」

周囲を満たす死臭《ししゅう》、加えて凄まじく歪《ゆが》んだ邪悪《じゃあく》な気配。

とても神聖な場所とは思えない。

むしろ、ユウナの本能が全力で、ここからの逃亡《とうぼう》を騒ぎ立てている。

「ん……この棺桶の下を見て」

と、聞こえてくるブランの声。

ユウナは恐怖《きょうふ》を全力で抑《おさ》え、棺桶へと近付く。

そして、彼女はブランの言う通りに、棺桶の下を見てみる。

するとそこにあったのは。

「これは、呪術陣《じゅじゅつじん》？　これも、こっちのも……全部の棺桶の下にある？」

「ブランは呪術に詳《くわ》しくないけど、魔力《まりょく》の流れからわかる」

と、ユウナの言葉に返してくるブラン。

彼女はそのまま、ユウナへと言葉を続けてくる。

「この呪術陣——上に乗っている対象の力を吸い取るもの……ん、使用者はウルフェルト」

「え、どういうこと？　ウルフェルトさんは棺桶の中の死体から、力を吸っているって事？　そんな事が出来るの？　というより、意味があるの？」

「普通《ふつう》は意味ない……死体は死体。どんなに強い人でも、死体になった時点で何の力も持たない」

「じゃあ——」

「ユウナならわかる……よく、魔力の流れを追ってみて」

言って、視線を最奥の門へと向けるブラン。

つられてユウナもそちらへと視線を向けた直後――。


感じたのは凄まじい魔力、凄まじい力の奔流《ほんりゅう》。

圧倒的《あっとうてき》な程の聖浄たる気配。


一目でわかる――あれこそが《勇者の試練》だ。

扉で封印《ふういん》されている様だが、それでもなおミアの気配が溢《あふ》れだしている。

（でも、あれ？　なんだか……様子がおかしいような）

ミア程の者が『魔力を自然に溢れださせる』様な、不完全な封印をするはずがない。

それに先ほど、ブランは魔力の流れを追ってみてと言っていた。

「魔力の、流れを……」

呟《つぶや》いたのち、ユウナは目をこらす。

すると見えて来たのは、《勇者の試練》から伸びる何本もの線。

それらはさらに無数に枝分かれし、呪術陣の上に置かれた棺桶へと繋がっている。

（それにこの棺桶。呪術陣のせいで、すごく邪悪な気配に変質しちゃってるけど、よく探《さぐ》ってみるとすごく懐《なつ》かしい気配を感じる）

まるでそう。

ユウナに『勇者』を託した、先代の勇者の様な。


「っ……まさか」

そこでユウナはとある事に気がついてしまう。

考えるのもおぞましい、人間として絶対にしてはいけない様な事。

それがここで行われている可能性に思い至ってしまう。

「多分ですけど、ユウナが今考えてる事で間違いないですよ」

と、聞こえてくるアイリスの声。

彼女は棺桶の蓋《ふた》を開け、中を覗《のぞ》き込みながらユウナへと言ってくる。

「死体本体にも、特殊《とくしゅ》な呪術陣が彫《ほ》られてます。見た事ない術なんで、効果はしりませんけど……まぁ、対になってるものがそこの扉――《勇者の試練》の入り口に、後付けで彫られている事から見て、確定じゃないですかね？」

「…………」

ユウナはもはや、何もいう事が出来ない。

けれど、アイリスはユウナへとさらに言葉を続けてくる。

「人間とかいくら死んでも、酷い目に遭《あ》おうとどうでもいいですけど……さすがにこれは不快というか、気持ち悪いですねウルフェルト」

「…………」

ブランに加え、アイリスがここまで言うなら間違いない。

ウルフェルトがここでやっている事は簡単だ。

《勇者の試練》からミアの力を盗《ぬす》み取っているのだ。

それも『歴代勇者の死体』を冒涜《ぼうとく》する手段を用いて。

まず、ウルフェルトは《勇者の試練》と棺桶の中にある『歴代勇者達の死体』に呪術陣を刻んでいる。

（アイリスさんもわからない未知の呪術陣みたいだけど、効果は多分――）

《勇者の試練》から、ミアの力を『歴代勇者の死体』に流し込むこと。

死体とはいえ、ミアの力を後継《こうけい》する資格を持った『勇者達』だ。

ユウナが《勇者の試練》と共鳴したように、何等《なんら》かのパスは繋がっているに違いない。

そこにジークさえ称賛《しょうさん》したウルフェルトの呪術を以《もっ》てすれば——先に言った流し込みは比《ひ》較的《かくてき》簡単に出来てしまうに違いない。

（それで、棺桶の下にある呪術陣。あれがブランさんの言った通りの効果なら——）

それを用いて、ウルフェルトは吸い取っているのだ。

『歴代勇者の死体』という貯水タンクに溜《た》めたミアの力を。

打ち倒さなくてはならない邪悪。

ユウナは生まれて初めて、そんな言葉が脳裏《のうり》に浮《う》かんだ。

（狐娘族《ここぞく》さん達に酷い事して……人の命を吸い取るだけじゃなく、死体を弄《もてあそ》んで、ミアさんの力を奪《うば》い取って）

ウルフェルトは止めなければならない。

今すぐにでも——そのためには。

「みんな、ここまで送ってくれてありがとう」

「え、いきなりどうしたんですか⁉」

「ん……ユウナの事、応援《おうえん》してる」

「覚悟《かくご》が決まったようですね」

と、ユウナの言葉に返してくるのはアイリス、ブラン、そしてアハトだ。

ユウナはそんな彼女達の顔を順番に見た後、一度だけ頷く。

そして、彼女はゆっくりと《勇者の試練》へと歩いていく。

目の前にあるのは、重く閉ざされた扉。

（でも、不思議とどうすればいいのかわかる）

ユウナは右手を扉へと、優しく触れさせる……すると次の瞬間。

「っ⁉」

ユウナの右手の甲《こう》にある《光の紋章》から迸《ほとばし》る、凄まじい光の奔流。

同時、ユウナの視界は暗転するのだった。


「っ⁉」

気がつくと、ユウナは見知らぬ空間で一人立っていた。

どこを見回しても何もない――けれど、温かい光と空気に満たされた空間。

（いったい、ここってどこなんだろう?）

ユウナの記憶《きおく》に間違いがなければ、ユウナは《勇者の試練》の扉に触れた。

その瞬間、気がつくとここに――。


「こんにちは。おまえがユウナですね?」


と、ユウナの思考を断ち切るように聞こえてくるのはアハトの声だ。

ユウナがそちらへ視線を向けると、当然のようにそこに居たのはやはりアハト。

しかし何かがおかしい――アハトの像が全体的にぼやけているのだ。

ユウナはそんな彼女へと言う。

「どうしてアハトさんがここに居るの?　それになんだか身体《からだ》が……」

「私はアハトではないですよ、ユウナ」

「え、でも――」

「初めまして。私の名前はミア・シルヴァリア……もっとも、その残留思念の様なものですが」

と、ミアが言ったその直後、今まであやふやだった彼女の像がしっかりと形を成す。

そうして現れたのは、アハトそっくりの女性。

しかし、その身を包む美しく荘厳《そうごん》な黄金の鎧《よろい》が、別人だという事を意識させてくる。

要するに、目の前に居るのは本物の勇者——真の英雄《えいゆう》というわけで。


「ぁ、あ、あたし、は——その、ゆ、ゆゆ、ゆうっ」


「緊張《きんちょう》しなくてよいですよ。言ったでしょう？　今の私は残留思念、何の力もありません」

と、優しく笑いながら言ってくるミア。

彼女はそのまま、ユウナへと言葉を続けてくる。

「というより、緊張するのは私の方ですよ。こうして、後継者《こうけいしゃ》と話すのは初めての経験ですので」

「え、ミアさんでも緊張するの⁉　というか、あたし以外の後継者って、この《勇者の試練》でミアさんと話してないの⁉」

「もちろん緊張しますよ、おまえと一緒《いっしょ》です。後者についてですが——そうですね。喩《たと》えるなら《勇者の試練》には、案内役の様な者が居るのです」

「それがミアさん？」

「その通り。そしてその案内役は毎度、歴代後継者の中から無作為《むさくい》に選ばれる」

「あぁ、それで後継者と話すのが初めてって……」

「そういうことです。ところで、緊張はとれましたか？」

言って、首をかしげてくるミア。

ユウナはここで気がつく――彼女はユウナの緊張を取るために、話してくれていたのだ。

などなど、ユウナがそんな事を考えている間にも。

「それでは私の役目を果たします」

言って、ミアはユウナへと《勇者の試練》の内容を説明してくる。

その内容をまとめるとこんな感じだ。


神獣《しんじゅう》と呼ばれる、試験官の様な者と一騎打《いっきう》ちをし、それを打ち倒す。

何度負けても、勝つまで挑《いど》んでいい。

挑戦者《ちょうせんしゃ》はこの空間の中でのみ、死んでも生き返る。

この空間は外と隔絶《かくぜつ》されている――そのため、時間が経過しない。

試練を諦《あきら》める時は、何のリスクもなく外に出られる。

そして、試練を突破《とっぱ》した際には継承《けいしょう》が始まる——歴代全ての勇者の能力を、当代の勇者が引き継《つ》ぐのだ。


そこでユウナが気になったのは。

「神獣って、どういう感じなの？」

「それは形ですか？　それとも強さの事でしょうか？」

と、ひょこりと首をかしげてくるミア。

彼女《かのじょ》はそのままユウナへと言葉を続けてくる。

「よければ、もう戦ってみますか？」

「え、戦えるの⁉　それなら戦いたいかも……時間の経過がないとはいえ、あんまり時間をかけるとジークくんに悪い気がするし」

「……ジーク、くん？　ジークとはまさか——」

「あ、えっと……は、早く戦ってみたいな！」

「なんだか誤魔化《ごまか》している気がしますが、いいでしょう」

と、ミアが言ったその直後——ミアの姿がまるで霞《かすみ》の様に消えていく。

そしてそれと同時、ユウナの前へと現れたのは。

二階建ての家よりもなお大きな獣《けもの》。

白く美しい体毛を持ち、九つの尾《お》を持ったその姿。

『ユウナ。その神獣《九尾の狐《きつね》》を倒す事が、試練の内容です』

と、どこからか響いて来るミアの声。

しかし、ユウナは目の前の神獣から目を離《はな》す事が出来ない。

凄まじい魔力、凄まじい圧力――完全にユウナよりも格上、ひっくり返っても勝てない。

逃《に》げた方がいい。これは戦ってはダメなものだ。

生存本能が全力で逃げる事を――。

「……っ」

ユウナは唇《くちびる》を噛《か》む事によって、なんとか正気を取り戻《もど》す。

そんな彼女はなんとか剣を引き抜《ぬ》き、それを神獣へと構える。

そうしてその直後。

ユウナは死んだ。

「大丈夫《だいじょうぶ》ですか、ユウナ？」

と、聞こえてくるのはミアの声。

気がつくと、神獣は消えていた。そして、ユウナの前にはまたミア。

彼女はそのままユウナへと言葉を続けてくる。

「どこか痛いところはありま――」

「まだ、まだ負けてない！」

否、負けられない。

何度でも挑戦《ちょうせん》していいのなら、諦めるまでは負けじゃ――。

「待ちなさい、ユウナ」

と、聞こえてくるのはミアの声。

彼女はそのままユウナへと言葉を続けてくる。

「今のままでは、何度やっても勝つことは不可能です。薄々《うすうす》思っていましたが、実力差がありすぎる」

「で、でもあたしは――」

「わかりますよ。諦められない……いや、諦めることは出来ないのでしょう」

「うん。あたしを待ってくれている人がいるから」

「…………」

と、なにか考《かんが》え込《こ》む様子のミア。

彼女はしばらく経った後、ユウナへと言ってくる。

「反則かもしれませんが、教えましょうか？」

「え？」

「今の私に力はないとはいえ、知識はあります——おまえの師になりましょうか？」

「…………」

「そ、そんな顔をするほど嫌《いや》だったのですか⁉」

「ぎゃ、逆です！　こっちからお願いしたいくらい……じゃなくて」

こういう時は、ちゃんと言わなければならない。

それがせめてもの礼儀《れいぎ》なのだから。

「よろしくお願いします、師匠《ししょう》！」

それからユウナはひたすらに剣《けん》を振《ふ》るった。
『この空間の中では死なない』という特性を生かし、眠《ねむ》ることなくミアに『剣の扱《あつか》い方《かた》』『相手の呼吸を読む方法』『立ち回りの仕方』などを教わった。
そして、暇《ひま》があれば神獣へと挑む。
そんな生活を何時間も何日も繰《く》り返し続けた。
この空間に時間の概念《がいねん》はないのだから。

一年目――神獣の動きは見えない。

十年目――神獣の動きはまだ見えない。

百年目――神獣の動きが、ようやく目で追えるようになる。

二百年目――神獣の攻撃《こうげき》を躱《かわ》せるようになる。

…………。

…………。

……………。

そうしてさらに百年。

ユウナがこの場所に来てから、時にして合計三百年後。

神獣に挑んだ回数――ユウナが死んだ回数が四十万を超《こ》えた頃《ころ》。

「一つ前の神獣との戦い。あれを見て思ったのですが……おまえ、わざと負けていませんか?」

と、ジトっとした様子で言ってくるのはミアだ。

ユウナはそんな彼女へと言う。

「え、えへへ……ば、バレちゃいました?」

「どうしてそんな事をしているのですか?」

「なんというか――この際だから、ジークくんに迷惑《めいわく》かけないように、思い切り強くなりたくて」

「そういう事ですか」

と、盛大《せいだい》にため息を吐《つ》くミア。

彼女は一転、真剣《しんけん》な様子でユウナへと言ってくる。

「この三百年。私はおまえに全てを教えました。気がついていますか？」

「？」

「おまえの剣技はとっくの昔に私を凌駕《りょうが》しています。おまえの魔法の知識もとっくに私を凌駕している」

「で、でも――」

「おまえに欠けている物はたった一つ――選ばれし勇者たる絶対的な自信」

「じ、しん？」

そんなユウナの言葉に、ゆっくり頷いてくるミア。

彼女はそのまま、ユウナへと言ってくる。

「今のおまえは強い。最初に話した、この試練を突破した時の恩恵《おんけい》は覚えていますね？」

「たしか――今までの歴代後継者たちの力全てと、ミアさんの力の継承」

「その通りです。あらゆる能力をおまえは引き継ぐ事が出来る。そうなれば、おまえは確実に最強の勇者になる……自信を持って下さい」

「でも――」

「いいですか。継承が終わっていない現時点でも、おまえに勝てるものはそういない――それこそ、かつての私と魔王《まおう》くらいのものでしょう」

言って、ミアはユウナの肩《かた》に手を置いて来る。

そして、彼女はそのままユウナへと言葉を続けてくる。

「もう一度言います、自信を持って下さい――おまえはもう、この場にとどまっている意味がない」

そこまで言うと、ミアの姿は霞の様に消えていく。

それと同時、ユウナから少し離れた位置に現れたのは神獣。


九つの尾を持つ《九尾の狐》。


ユウナはそんな神獣へと視線を向ける。

(ミアさんの意図はわかってる――あたしはもう卒業。最後に本気を見せろってことだよね?)

正直、ユウナからしてみれば、まだまだミアから教わりたい事はある。

けれど、そのミアから期待されているのだ――本気を見せてほしいと。

この三百間でユウナにとって、ミアは恩師となった。
かけがえのない存在。
(そんな人からの頼《たの》みなら、断れるわけない)
などと、ユウナが考えた瞬間《しゅんかん》。

凄《すさ》まじい速度で突《つ》っ込んで来る神獣。
奴《やつ》は九本の尾を槍《やり》の様に振《ふ》るい、全方位攻撃をしかけ――。

「遅《おそ》いよ」
言って、ユウナは剣を鞘《さや》から引き抜きながら一閃《いっせん》。
すると、不自然に止まる神獣。
ユウナはそれを確認《かくにん》した後、ゆっくりと剣を鞘へと戻す。
そして、彼女が神獣へと背を向けた直後。
巻き起こったのは、周囲を揺《ゆ》るがす暴風。
空間そのものを破壊《はかい》しかねない、魔力の奔流。

それと同時、身体の真ん中から両断されるは神獣。

ユウナの斬撃のあまりの速さに、結果が遅《おく》れてやってきたのだ。

「これで、いいかな？　ミアさんの期待に応えられたかな？」

『はい。その力、たしかに見せてもらいましたよ』

と、どこからか聞こえてくるのはミアの声。

彼女はそのままユウナへと言葉を続けてくる。

『そして、先ほど私が言った言葉を撤回《てっかい》します――現時点でも、おまえは全盛期《ぜんせいき》のわたしよりも強い』

「そ、それは言い過ぎだよ！」

『いずれにしろ、これからおまえは確実に私よりも……そして、魔王よりも強くなる。なにせ、勇者の全てを継承するのですから』

そこまで言った直後、どんどん薄《うす》れていくミアの気配。

きっと、ユウナが《勇者の試練》を突破したからに違《ちが》いない。

役目を終えたミアは消えようとしているのだ。

ユウナはそんな彼女へ、本当に伝えたいことだけを言う。

「ミアさん。あたしを強くしてくれて、本当にありがとう」

『礼を言うのはこちらです。平和の担《にな》い手《て》を育てる機会をもらえて、本当に嬉しかったですよ――ありがとう、ユウナ』

「また……会えるかな？」

『いつかどこかで必ず』

そんなミアの言葉と同時、どんどん光に包まれていく視界。

まるで夢から覚める様な感覚だ。

『あぁ、それと最後に聞きたい事が一つ。おまえが言っているジークくんとは、まさか魔王のことではないで――』

と、ぶつ切りになるミアの言葉。

それと同時、ユウナの意識は途切《とぎ》れるのだった。

まるで、ここに来た時と同じように。

第十章　世界に光をもたらす者

時は少し戻って、ユウナが《勇者の試練》に入ろうとしている頃。

場所はイノセンティア、ウルフェルトが居座《いすわ》っている城――その一階、広間。


「どうしたどうした⁉　まだまだ行くぞ、魔王！」

と、《ヒヒイロカネ》の武器を構えながら言ってくるウルフェルト。

奴は地面を激しく蹴《け》ると、その周囲を爆散させながら、猛烈《もうれつ》な速度でジークへ突っ込んで来る。

（速さ、構えともに申し分ない。さすが狐娘族《ここぞく》とミアの力を盗んでいるだけあるな）

ウルフェルトの突進攻撃《とっしんこうげき》は、単純に見えてまったく隙《すき》を見いだせない。

だがしかし――。

「そろそろ死んどけよ、魔王！」

と、今度はジークの目の前から聞こえてくるウルフェルトの声。

奴は地面に大きく足を踏《ふ》み込むと、全体重を乗せる様にジークへと斧《おの》を振るってくる。

音を置き去りにし、風を巻き起こすその横凪《よこなぎ》の斬撃。

まさにミアの一撃《いちげき》というに相応《ふさわ》しい。


だがしかし、そう。

「ミアの好敵手である俺《おれ》を――魔王ジークを舐《な》めるなよ」

言って、ジークは上半身を刹那《せつな》の間に後ろへ反らす。

すると、鼻先わずか数センチをかすめていくウルフェルトの斬撃。

「まだまだぁあああああああああっ！」

言って、ウルフェルトはすぐさま体勢を立て直し、続く斬撃を繰り出そうとしている
……けれど。

「まだまだなのは、こっちの台詞《せりふ》だウルフェルト！」

ジークは上半身を反らしたまま、ウルフェルトの胸めがけ音速を超《こ》えた蹴りを入れる。

無論、殺さない様に加減はしているが。

「うぐ――っ⁉」

と、ジークの蹴りが直撃《ちょくげき》し、息が出来ないに違いないウルフェルト。

畳《たた》みかけるならば今だ。

「上位闇魔法《やみまほう》《エクス・ルナ・アポカリプス》」

言って、ジークはウルフェルトへと手を翳《かざ》す——その直後。

ジークの手から離れたのは、高密度の魔力が圧縮された極小の球体。

当たれば全てを崩壊《ほうかい》させる破滅《はめつ》の星。

かつてウルフェルトに弾《はじ》かれたそれは、今度こそ間違《まちが》いなくウルフェルトの方へと進み。


周囲にあるあらゆるものを消し飛ばした。

たとえ形が残ったものでも、それは圧倒的な熱量で形が歪み。

空気や剥《む》き出《だ》しになった地面は、人間の存在を許さないほどに赤熱している。


まさしく地獄《じごく》。

ジークはそんな景色の中、一人で体勢を立て直す。

「武器を盾《たて》にして直撃は避《さ》けたか。まぁ、速度を下げてやったんだから、それくらいはしてもらわないとな」

言って、ジークは視線を上へと向ける。

するとそこにあるのは天井《てんじょう》をぶち抜く大穴。

一階も、二階も、城の全ての天井をぶちぬき、空が見える程の大穴だ。

そして、その大穴の先──遥《はる》か上空に居るのは。

「そこは景色が良さそうだな、ウルフェルト」

要するに、ウルフェルトは先の攻撃を防いだ結果。その勢いを殺し切れずに天高く吹《ふ》っ飛ばされたのだ。

そしてそして、さらにもう一つ言うならば。


「俺の攻撃はまだ終わってない」


言って、ジークは地面を激しく蹴りつけ、一瞬《いっしゅん》にして自らも城から飛び出す。

無論、目指すは上空──ウルフェルトが居るところだ。

「……………！」

風を切り、凄まじい速度で迫《せま》ってくる空と、そこに居るウルフェルト。

見た限り、ウルフェルトはまだ体勢を崩《くず》している。

（殺すのはまずいが、行動不能にするのは……ありだ）
いっそ、このまま地面に叩《たた》き付けて、魔法《まほう》によって四肢《しし》を縫いと――。

「よぉ、油断したなぁ？」

言って、凄まじい速度で体勢を立て直してくるウルフェルト。
奴はカウンター気味にジークの顔を掴《つか》んで来ると――。
「今度は貴様がふっとびやがれ！」
言って、ウルフェルトは凄まじい速度で、地上めがけて落下。
ジークの身体は凄まじい速度で、凄まじい力でジークをぶん投げてくる。
やがて隕石《いんせき》のような速度で、コロシアムの中央へと衝突《しょうとつ》。

舞《ま》い上がる砂塵《さじん》。
砕《くだ》け散る闘技《とうぎ》台。
隆起《りゅうき》する地面。

「っ……」

相変わらずのバカ力だ。

いちいちミアを思い出してしまうのが、これまたイライラする。

とはいえ――。

（障壁《しょうへき》があるから、全く効いてはいないが……）

ジークがそんな事を考えながら、ゆっくりと立ち上がろうとした。

その瞬間。

「もう一度言うぜ、油断したなぁ、魔王！」

と、すぐ近くから聞こえてくるウルフェルトの声。

同時――。

砂埃《すなぼこり》を消し飛ばし、現れたのは金色の大斧。

狐娘族の技術で振るわれ、ミアの力で加速したウルフェルトの一撃。

それは躱しようのないほどに、洗練された必殺の斬撃。

（さて、本当に油断している様に見せるためにも、この攻撃は直撃させてやるか）

ジークはそんな事を考え、あえて『体勢が崩れ動けない』ふりをしていると。

「⁉」

と、突如《とつじょ》ウルフェルトの顔が驚《おどろ》きといった様子に染まる。

さらにそれと同時、ぐんっと露骨《ろこつ》に下がる奴の斬撃の速度。

（これは……間違いない！）

ジークはすぐさま体勢を立て直し、その場から瞬時《しゅんじ》に離脱《りだつ》。

もうウルフェルトの斬撃を喰らってやる理由がなくなったからだ。

などなど考えている間にも、先ほどまでジークが居た場所に直撃するウルフェルトの斬撃。

しかし、それは今までの様な凄まじい破壊を起こさない。

「バカな……なんだ、これは⁉」

と、聞こえてくるのはウルフェルトの声。

本人だってわかっているだろうに、きっと認めるのが嫌に違いない。

故《ゆえ》にジークはウルフェルトへと言ってやる。

「ユウナが《勇者の試練》を突破したんだ。お前はもうミアの力を使うことはできない」

「なん、だと？　貴様まさか——」

「俺が一人で城に突っ込んで来ると思ったか？　そんな非効率的な事をこの俺がするとでも？」

「貴様は囮《おとり》……あの女に《勇者の試練》を受けさせる時間稼《かせ》ぎかっ」

「そういう事だ。もっとも、今更《いまさら》気がついても遅いがな」

「……っ」

と、身体を怒《いか》りに震《ふる》わせている様子のウルフェルト。

奴は斧を地面に叩き付けながら、ジークへと言ってくる。

「オレは負けない！　オレはまだ負けていない！　ミアの力を失っても、オレには奴隷《どれい》共から奪った戦闘《せんとう》技術がある！　クズ共から奪った無限の命がある！　そうだ！　戦いは力だけで行うものじゃ――――」

「誰《だれ》も『お前の負け』なんて言ってないだろ？　もっとも、自覚があるならもう降参したほうがいいと思うがな」

「……まれ」

「断言してやろう。お前にもう勝ち目はない」

「黙《だま》れぇえええええええええええええええええええええええええええっ！」

言って、図星を突かれた様子のウルフェルト。

奴は先ほどと比べ、明らかに遅い速度で突っ込んで来る。

けれどウルフェルトが言う通り、奴の構えには全く隙が無い。

（ミアの力に注目しがちだったが、狐娘族たちも本当にすごい奴等だな）

などと、考えている間にも目の前に迫ってくるウルフェルト。

奴は洗練された動作で、ジークへと斧を振り下ろしてくる。

しかし、その攻撃はやはり遅いのだ。

ジークは剣をかまえ、その攻撃を余裕《よゆう》をもって防ごうとした。

まさにその瞬間。


ウルフェルトが使っている武器。

金色に輝《かがや》き、破壊不可能の《ヒヒイロカネ》製の大斧。

それがまるで液体の様に、その姿形を溶《と》かし落とす。


「!?」

と、驚愕《きょうがく》した様子でジークから距離《きょり》を取って来るウルフェルト。

けれど正直、驚愕したのはジークも同じだ。

（何が起きた？　急にウルフェルトの武器が液体の様になったのはわかる……だが、いったいどうして）

いや、心当たりはある。

《ヒヒイロカネ》の本来の使い方だ。

五百年前、ジークは《ヒヒイロカネ》をこのように使う者を見たことがある。

選ばれし者。世界を包む闇《やみ》を払《はら》った英雄。

その名は――。

「お待たせ、ジークくん！」

と、聞こえてくるのはユウナの声。

同時、彼女は遥か上空からジークの真横に着地してくる。

そして、そんな彼女の周りに漂《ただよ》うのは無数の金色の武器。

あるものは槍、あるものは剣、あるものは弓、またあるものは戦斧。

そのどれもが金色に輝く《ヒヒイロカネ》で出来ている事がわかる。

（ミアと同じ……か。錬金術《れんきんじゅつ》と魔法を用いて、《ヒヒイロカネ》を不定形の液体に変換《へんかん》。

それを戦況《せんきょう》に応じてあらゆる武器の姿に変え、自らの周囲に浮遊《ふゆう》させておく）

要するに、ユウナはウルフェルトの武器を奪《うば》い取り、自らの武器にしてしまったのだ。

それはジークですら出来ない超絶技巧《ちょうぜつぎこう》。

こんな事が出来るということは、やはり間違いない。

「《勇者の試練》を突破して、無事に力を得たようだな」

「うん！　それと、ミアさんから色々教えてもらっちゃった！」

と、ジークの言葉に以前と変わらぬニコニコ笑顔《えがお》で返してくるユウナ。

いったい、彼女が今言った言葉はどういう意味なのか。

ジークはそれを問うために、彼女へと——。


「オレを、無視、するなぁあああああああああああああああああっ！」


と、ジークの思考を断《た》ち切るように聞こえてくるのはウルフェルトの声。

同時、奴は激しく足を地面に叩き付ける。

しかし、以前のような破壊は起こらない。せいぜい、地面に軽くヒビがはいる程度。

（当然だ。お前が盗《ぬす》んでいた力は、正統な後継者たるユウナにまるまる返ったんだからな）

などなど、ジークがそんな事を考えていると。

ウルフェルトは血走った眼で、ジーク達《たち》を睨《にら》み付けながら言ってくる。

「まだだ。まだ間に合う。貴様を殺して、そこの後継者を殺す……そうすれば、オレはまたミアの力を手に入れられる」

「いや、無理だろそれは」

と、ジークはウルフェルトへと返す。

彼《かれ》はウルフェルトへと視線を向けたまま、さらに言葉を続ける。

「ユウナを殺したところで、ミアの力は《勇者の試練》には返らない。ユウナが《勇者の試練》へ自らの力を返さない限りな……というか、そもそもお前にユウナは殺せない」

「黙れ」

「まずユウナを守る俺を倒《たお》せない」

「黙れ」

「仮に俺が居ないとしても、今のユウナをお前如《ごと》きが倒せるとでも？　本気でそう思ってるのなら笑えるな——今のユウナは、この俺すら倒せるか危《あや》ういのに」

「黙れぇえええええええええええええええええええええええええっ！」

と、なんども地面を蹴りつけるウルフェルト。

今までの破壊が伴《ともな》わないため、まるで子供の癇癪《かんしゃく》の様にしか見えない。

ジークがそんな事を考えている間にも、ウルフェルトはジークへと言葉を続けてくる。

「オレを舐めるな……オレは強い、誰よりもなぁ！」

「言ってろ」

「あぁ、言ってやるさ。そして見せてやろう――オレの奥《おく》の手を」

言って、ウルフェルトは自らの胸に手を当てる。

そして、奴が何らかの呪文《じゅもん》を呟《つぶや》いた……その直後。


暗く淀《よど》み始める周囲の空気。

黒紫《くろむらさき》に変わりゆく、周囲の景色。


ウルフェルトの下《もと》へ、街中から魔力《まりょく》が集まって来ているのだ。

その魔力量は一時的にだが、かつてのウルフェルト――ミアの力を振るっていた際のウルフェルトに匹敵《ひってき》している。

（しかし、なんだ？　この魔力に交じっている生命力は）

「ジークくん！」

と、浮遊している剣を手に取りながら、ジークへと言ってくるユウナ。

ジークはそんな彼女へと言う。

「待て、お前は戦わなくていい」

「で、でも！」

と、戸惑《とまど》った様子のユウナ。

ジークはそんな彼女を納得《なっとく》させるために言う。

「わかってる。今のお前は強い――だから、お前にしか出来ない事の準備をしておいてくれ」

「あたしにしか出来ない事……ウルフェルトさんの解呪だね？」

「あぁ。今奴が使おうとしている呪術《じゅじゅつ》を俺が防いだ隙に。お前が決めろ」

「うん。やるよ……あたしがウルフェルトさんを倒す！」

と、自信に満ちた様子で頷《うなず》くユウナ。

ジークがそんな彼女に頷きで返していると。

「待たせたなぁ」

と、ジーク達の方へと手をかざしてくるウルフェルト。

奴は凄まじい魔力を手に集中させながら、ジークへと言葉を続けてくる。

「オレは部下どもにある刻印を刻んでいる」

「ほう、どういう刻印だ？」

と、ジークはウルフェルトへと言葉を返す。

すると、彼はニヤリと笑いながら、ジークへと言ってくる。

「まぁ聞けよ。オレの奥の手はなぁ、生贄《いけにえ》と引き換《か》えにたった一度だけ発動する強力な呪術でなぁ」

「生贄……まさか、お前」

間違いない。

ウルフェルトの刻印の効果は——。

（大勢の部下の生命力を、全て魔力に変換して吸収したのか？　それならさっき、魔力に生命力が混じっていた説明がつく）

たしかにそうすれば、一時的にミアに匹敵する魔力は出せるに違いない。

けれどそんな事をすれば、部下は全員死んでしまう。

「外道《げどう》が……」

「黙れよ、魔王……そして死ね！　上位呪術《エクス・サクリファー》!!」

と、ジークとの会話を断ち切る様に、件《くだん》の呪術を放ってくるウルフェルト。

多くの人の命を燃やした呪術。

ミアにも匹敵するその一撃は、直撃すればジークすら葬《ほうむ》れるに違いない……しかし。

（哀《あわ》れだな。追《つ》い詰められた結果、自分に《ヒヒイロカネ》の武器が無い事を忘れたか）

そうなれば、ウルフェルトのあらゆる攻撃はジークに効かない。

ウルフェルトの選択肢《せんたくし》は攻撃ではなく、本来全力で逃《に》げるべきだったのだ。

（こいつは仲間の冒険者達《ぼうけんしゃたち》を無駄死《むだじ》にさせた）

勇者を冒涜《ぼうとく》するウルフェルトへは、もはや怒りを通り越して何も感じない。

などと、ジークがそんな事を考えている間にも、迫ってくる呪術。

黒紫の魔弾《まだん》。

醜悪《しゅうあく》な稲光《いなびかり》を放ち。

地面を破壊しながら進んで来る破壊の化身《けしん》。

ジークはそれを前に今まで構えていた剣を鞘へ納める。

そして、それと同時——。

魔弾は消えた。


「ば、バカな⁉　何をした⁉」

と、驚いた様子のウルフェルト。

ミアの力のない今の奴では、ジークがしたことが速すぎてわからなかったに違いない。

ウルフェルトに懇切丁寧《こんせつていねい》に教えるのは癪《しゃく》だが、こいつの絶望した顔は気分がよくなる。

ジークはそんな事を考えた後、ウルフェルトの背後に聳《そび》える城を指さす。

「なんだ⁉　どういうことだ⁉」

と、ジークの指先を見ながら言ってくるウルフェルト。

ジークはそんなウルフェルトへと言う。

「いいから見てみろ」

「っ……」

と、無駄《むだ》に警戒《けいかい》しているに違いないウルフェルト。

奴は何度もジークの方をチラチラ見てきながらも、ようやく背後へ振り返る。

そこでウルフェルトは気がついたに違いない。

ウルフェルトの背後に聳えたつ城。

そこに刻まれた半円状の破壊の痕《あと》二つに。

何が起きたのかは簡単だ。

ジークは迫ってくる魔弾を、神速の抜刀術《ばっとう》で両断。

その後、二つに斬《き》り裂《さ》いたそれを瞬時に蹴り返したのだ。

結果、その魔弾は威力《いりょく》そのままにウルフェルトの背後――ミアの城へと着弾《ちゃくだん》したわけだ。

この間、合わせて時間にして０・１秒未満。

きっと、ウルフェルトは未《いま》だに何が起きたのか理解していないに違いない。

ジークはそんな事を考えながら、ウルフェルトへと言う。

「以前、お前は俺にこう言ったよな？　たしかそう『この程度かよ、魔王っ！』とな」

「っ」

と、ゆっくりとジークの方へ向き直って来るウルフェルト。

ジークはそんな奴へと、さらに言葉を続ける。

「たしかに俺の力はこの程度だが……どうやらお前よりは、遥かに上のようだ」

「う――っ」

「なんだって？」

「うわぁあああああああああああああああああああああっ！」

言って、情けなくもジークに背を向け走り出すウルフェルト。

逃走《とうそう》したのだ――しかし、今更もう遅い。

なぜならば。

「あたしはあなたを逃がさない」

聞こえてくるユウナの声。

彼女《かのじょ》は凄まじい速度で、ウルフェルトの目の前に移動するや否《いな》や。

「上位回復魔法《エクス・アンチスペル》！」

ユウナが使ったのは、解呪の魔法だ。

今のユウナならば、ウルフェルトの呪術を確実に解呪できるに違いない。

などと、ジークが考えている間にも。

「あ、あぁっ⁉　お、オレの、オレの命が、抜《ぬ》けて――っ」

と、その場に崩れ落ち膝《ひざ》をつくウルフェルト。

きっと、ユウナの解呪が効いたに違いない。

要するに、ウルフェルトからは今まさに『奴が多くの人から奪った命』が、持ち主の下《もと》へと戻《もど》って行っているのだ。

「じ、ジークくん！　これ⁉」

と、聞こえてくるのは戸惑った様子のユウナの声。

いったい何事か。

ジークがユウナの視線の先へと眼を向けると、そこに居たのは――。

老人だ。

それも骨と皮だけになり、風でも吹けば死んでしまいそうな。

「あ、う……い、命」

と、かすれた声で言ってくる老人。

老人はジークの方へと手を伸《の》ばしながら、さらに言葉を続けてくる。

「オ、レのい、のち……かえ、して」

「お前……ウルフェルトか？」

「あ……あ、い、のち……オレ、に……命……ほし、い」

「なるほど、やはりそういう事か」

おかしいとは思っていた。

ジークですら知らない呪術を使ってきたウルフェルト。

《勇者の試練》やミアの後継者《こうけいしゃ》の事も、全て知っていたウルフェルト。

要するに奴はこの時代の人間ではなかったのだ。

（俺と同じく、何百年も前に生きた人間）

ただし、ジークと異なり何百年も生き続けて来たのだ——人の寿命《じゅみょう》を奪い取りながら。

長きにわたり、呪術の研鑽《けんさん》を続けたからこそのあの力量。

まだミアの事が知れ渡《わた》っている時代に生きたからこその『勇者にかんする知識』。

なるほど、全て納得いった。

ジークはウルフェルトを睨み付けながら言う。

「お前は勇者じゃない。魔物《まもの》ですらない——人の命を喰らう醜悪な怪物《かいぶつ》だ」

「しにたく、ない……命、オレに、ちょうだい——ころさ、ないで」

「あぁ、いいとも。俺はお前を殺したりしない」

言って、ジークはユウナの方へと歩いて行く。

そして、彼は彼女の手を引き、コロシアムを去るべく歩き出す。

「う、ウルフェルトさんを置き去りにしていいの⁉」

と、慌《あわ》てた様子で言ってくるユウナ。

ジークはそんな彼女へと言う。

「あぁ。もうあいつに用はない――これでアハトの寿命はもちろん、奴が吸い取った全員の寿命も戻った。それに狐娘族《ここぞく》たちの《隷呪》や、奴に奪われた戦闘技術も解決したに違いない」

「でもだからって――」

「ここから先は、俺達《おれたち》の出番じゃない」

「え?」

と、ユウナがひょこりと首をかしげた、その直後。

「ひ、ひぃいいいいいいいいいいいいいいいいいいいいいいっ‼」

と、背後から聞こえてくるのはウルフェルトの声。

ジークは最後に、少しだけ後ろを振《ふ》り返る。するとそこに居たのは――。

「「「「「「「「「「「「「「……………………………………」」」」」」」」」」」」」」」」」」

無言でウルフェルトを囲むように佇《たたず》む大量の狐娘族たち。

ウルフェルトの被害《ひがい》を一番受けたのは、ジーク達ではない――狐娘族たちだ。

であるならば、最後の裁きは狐娘族たちに委ねるべきだ。

「行くぞ、ユウナ」

「う、うん！」

と、難しい表情ながらも、ジークについてくるユウナ。

ジークはそんな彼女の手を引きながら、コロシアムを後にするのだった。

聞こえてくるウルフェルトの悲鳴と、鈍《にぶ》く響《ひび》く殴打《おうだ》の音を背景に。

エピローグ　魔王《まおう》と勇者

時はウルフェルトを倒した当日の夜。
場所は変わらずイノセンティア――ジーク達が泊《と》まっている宿屋。
現在、ジークはその一室で、ベッドに腰掛《こしか》け本を読んでいる……もっとも。
（まいったな。外が騒《さわ》がしくて本の内容が全く入ってこない）
考えた後、ジークは視線を窓の外へと向ける。
すると見えてくるのは。

空を彩《いろど》る花火。
聞こえてくるのは大歓声《だいかんせい》。

イノセンティアは今、お祭りの最中なのだ。
狐娘族《ここぞく》がウルフェルトから解放された祝い、そしてその救い主を称《たた》える祭り。

当然、ジークは先ほどまでその祭りに参加していた。

それはもうすごい称えられっぷりだった。

（あえてアイリスの言葉を借りるなら、かつて俺を裏切った一族から、あそこまで感謝されるのは不思議な気分だな）

なんせ昔の狐娘族は、ジークに敵意全開だった。

特にあいつだ。

五百年前、狐娘族を束ねていた族長――ミアと共に旅をした狐娘族の少女。

彼女なんかは、終始ジークに敵意むきっ放しだった。

ミアが霞《かす》むレベルで、ジークにがーがー怒声《どせい》と睨みを飛ばしてくるし。

（まぁ、あいつはあいつで俺を楽しませてくれたから、別に気にならないけどな。あいつは本当に強かった――九尾の狐に変身できる力を持っていたのは、歴代狐娘族であいつだけだったからな）

などなど、ジークがそんな事を考えていると。

「ジークくん、入っていい？」

と、ノックの音とともに聞こえてくるのはユウナの声。

ジークがそんな彼女へ、中へ入るように促《うなが》すと。

「は〜〜〜……疲《つか》れたぁ」

言って、ジークの隣《となり》に腰掛けてくるユウナ。

ジークはそんな彼女へと言う。

「そういえば、ユウナも『狐娘族が称える対象』だったな」

「うん……『真の勇者の誕生だ』って、担《かつ》がれて街一周しちゃった……」

「そ、それは大変だったな」

「ジークくん酷《ひど》いよ！　途中《とちゅう》で逃げるから、ジークくんの分もあたしのところに来たんだよ！」

「それは悪かった。どうもああいうのは慣れなくてな」

「あたしだって慣れないよ……でも、みんなが幸せそうだったから、別にいいけど」

言って、ニコッと微笑《ほほえ》むユウナ。

そんな彼女はジークへと言葉を続けてくる。

「一応確認《かくにん》なんだけど、狐娘族さん達の呪《のろ》いは解けたんだよね？　それにみんなの寿命もしっかり元に戻ったんだよね？」

「あぁ。特に後者にかんしては、アハトの身体《からだ》を調べてハッキリさせた――あいつの生命力はなんら問題ない状態だ。それこそ、呪いなんてかかっていた形跡《けいせき》がないくらいに」

「そっか、よかった～～～……」

と、力を抜くユウナ。

ジークはそんな彼女へと言う。

「さすがユウナだ。俺《おれ》が最初に見込《みこ》んだだけある。痕跡《こんせき》すら残さない解呪を、ぶっつけ本番――それもミアの力を使いこなして行うとはな」

「でもでも、ジークくんもすごいよ！」

「俺が？」

「だって、ミアさんの力を使っていたウルフェルトさんを、一人でずっと足止めしてたんだよね？　今ならわかるけど、とんでもない神業《かみわざ》だよ！」

「そうか？」

「うん！　殺さない様に、逃がさない様に――すごい力を持つ敵を、任意の場所に止め続けるなんて、きっとあたしでも出来ないよ！」

さすがにそれは言い過ぎだ。

今のユウナには、きっと出来るに違《ちが》いない。

なんせ、ユウナは内包魔力だけでいえば、ジークやミアを凌駕《りょうが》している。

(《勇者の試練》はミアの力を引きつぐだけじゃなかったみたいだな)

ジークが思うに、歴代勇者全員の魔力を継承《けいしょう》している。

もっとも、戦闘技術と知識まで上昇《じょうしょう》しているのは謎《なぞ》だが。

(今度機会があったら、《勇者の試練》の中で何があったか聞いてみるか)

などなど、ジークがそんな事を考えていると。


「それにやっぱり、ジークくんはとっても優《やさ》しいね!」


と、ジークの思考を断ち切る様に聞こえてくるユウナの声。

彼女は瞳《ひとみ》をキラキラ、ジークへと言葉を続けてくる。

「だってジークくん、お墓を作ってくれてたよね⁉」

「な、なんのことだ?」

「あたしが狐娘族さん達に担がれて、街を一周してる時に見たもん——ジークくんが歴代勇者さん達を棺《ひつぎ》から出して、街が見渡《みわた》せる丘《おか》に運んで埋《う》めてるの!」

「別に歴代勇者達のためにしたんじゃない。あれはミアのためにやったんだ」

ミアの真の後継者達《こうけいしゃたち》が、あんな暗い場所であんな目に遭《あ》っている。

そんな事実は到底《とうてい》受け入れられない。

（たとえもう死んでいたとしても、然《しか》るべき場所に収めてやらないとな）

それが勇者ミアに負けた者としての務めだ。

それにしても惜《お》しい事をした。

（もしも事前に『ウルフェルトが歴代勇者達に行った非道』を知っていれば、もっとウルフェルトを絶望の淵《ふち》に追い込《こ》んでやったものを……っ）

今回の件で、唯一《ゆいいつ》の心残りがそれだ。

やるべき事を一つ出来なくて、ミアに本当に申し訳――。

と、ジークがそこまで考えたその時。


ジークの視界がぐるりと回った。


気がつくと、ジークはベッドに仰向《あおむ》けになっていた。

そして、そんなジークの視界を埋めるのは。

「ジークくん。今、別の女の子のことを考えてたでしょ！」

ぷくっと頬《ほお》を膨《ふく》らませているユウナだ。

要するに現在、ジークはユウナに押《お》し倒されているのだ。

ジークはそんなユウナへと言う。

「いや、考えていたのは女の子というか、ミアのこと――っ⁉」

最後まで言えないジーク。

その理由は簡単だ。


「ん……っ、ちゅ――えへ♪ 言い訳ばっかりするから、口を塞《ふさ》いじゃった」

言って、ジークの唇《くちびる》から唇を離《はな》してくるユウナ。

彼女は潤《うる》んだ瞳で、ジークを見下ろしながら言ってくる。

「あたしね、ずっと我慢《がまん》してたんだよ？ 何年も、何百年も……ジークくんと触《ふ》れあいたいの、ずっと我慢してたんだよ？」

「何百年？ いったいそれは――」

「んっ」

と、またもジークの口をキスで塞いで来るユウナ。

しかも今回は前回と異なり。

「じーく、ふん……しゅ、き……んちゅ——とっへも、らいしゅき……っ」

と、舌で何度もジークの中を犯《おか》してくるユウナ。

彼女はジークの舌に舌を絡《から》ませ、時に歯茎《はぐき》に沿《そ》わせるように舌を動かしてくる。

時には唾液《だえき》を交換《こうかん》するように、時には唇を食《は》むように。

そして、そんな彼女は——。

「ん……」

と、切なそうな様子でジークから唇を離してくる。

するとユウナは何も言わず、至近距離でずっとジークを見つめてくる。

ただ瞳を潤ませながら。

「……」

と、ユウナは今も無言だ。

それに何百年というのが、いったいどういう事なのかはわからない。

しかし、ジークにはユウナが今して欲《ほ》しい事がわかる。

故にジークはユウナの腰《こし》に手を回し、彼女の身体に足を絡め——一気に体勢を入れかえる。

「きゃっ⁉」

と、聞こえてくるユウナの悲鳴。

そんな彼女は頬を真っ赤にしながら、ジークを見上げてきている。

要するに、立場逆転だ――現在、ジークがユウナを組《く》み敷《し》いているのだ。

「準備はいいか、ユウナ？」

「あ、ぅ……」

と、恥《は》ずかしそうに目を逸《そ》らすユウナ。

あれだけ誘《さそ》った癖《くせ》に、いざとなると照れるのが本当に可愛《かわい》らしい。

などなど、ジークがそんな事を考えていると。

「ふ、服……服を脱《ぬ》がないと」

と、いったん時間を置く口実を言ってくるユウナ。

故《ゆえ》にジークはパチンッと指を鳴らす……その直後。

ジークとユウナの服が消えた。

「な……っ、え⁉」

と、驚《おどろ》いている様子のユウナ。

簡単だ――闇魔法《やみまほう》で服を消滅《しょうめつ》させた。

修復はユウナが回復魔法でやってくれるので、きっと問題ないに違いない。

さて、なんにせよこれで口実はなくなった。

「準備はいいか？」

「……っ」

と、恥ずかしそうに顔をそむけ、全身の力をくたっと抜いて来るユウナ。

準備が出来たに違いない。

ジークはユウナに覆《おお》いかぶさったまま、己《おの》が息子《むすこ》をスタンバイ。

彼はユウナの大切な個所《かしょ》を擦《こす》るように、正常位の要領で息子を一気に突《つ》き進《すす》める。


「あ……っ」

ピクンっと体を揺《ゆ》らすユウナ。

同時、彼女の下の口から溢《あふ》れだす洪水《こうずい》の如き淫蜜《いんみつ》。

「ジーク、くん……おねがい。あ、たし……もう、我慢できないっ」

と、ジークの後頭部へと手を回してくるユウナ。

彼女は頬を染め呼吸荒《あら》く、ジークへとさらに言葉を続けてくる。

「滅茶苦茶《めちゃくちゃ》に、壊《こわ》して……あたしの全部、ジークくんにあげる……からっ」

そんなユウナはジークの顔を引き寄せてくると――。

「ん……っ」

と、再びジークへとキスをしてくる。

彼女は雛鳥《ひなどり》の様に、ジークの唇を啄《ついば》んだのち言葉を続けてくる。

「好き……あたし、ジークくんのこと、大好き……だよ？」

「あぁ、俺もだ」

「寂《さび》しかった分、埋めて欲しい……よ。今、この場で……あたしのこと」

なんだかよくわからないが、ユウナに求められているのは理解できる。

やはり《勇者の試練》で何かあったに違いない。

だがしかし、そんなこと今はどうでもいい。

ユウナが求めるのならば、共に淫欲《いんよく》の業火《ごうか》に身を委ねるのみ。

考えた後、ジークはわずかに身体を起こす。

そして、彼はユウナの太もも付近へ手を回し、彼女の腰を持ち上げる。

「行くぞ、ユウナ」

言って、ジークは激しく壊すように——ユウナの下の口の入り口、そこに沿わすかのように、己が息子を突き入れる。

「んきゅっ⁉」

と、可愛らしい嬌声《きょうせい》を上げるユウナ。

それと同時——。


ぴゅっ、ぴゅっ♪


と噴《ふ》き出るユウナの歓喜《かんき》の証。

たった一突《ひとつ》きでイったに違いない。

だが、ユウナの希望通りこの程度では終わらせはしない。

ユウナは何百年分、壊すように抱《だ》いて欲しいと言ってきたのだから。

ジークはそんな事を考えた後、何度も何度も激しく腰を前後させる。

パンッパンッパンッ！

パンッパンッパンッパンッパンッ!!

ジークは肉と肉がぶつかる音を響かせながら、ユウナの下の口を息子で攻《せ》め立てる。

するとその度――。

「ふ、ぁ……ジーク、くんっ。す、き――ジーク、くんっ！」

と、頭をふりふりしながら、何度も名前を呼んでくるユウナ。

やはりユウナはとても可愛らしい。

そんな彼女がこうまで乱れる姿を見ると、嗜虐《しぎやく》心が沸《わ》いてくるのも仕方ないに違いない。

故にジークはさらに腰の動きを加速させる……すると。

「ぁ……っ。ジーク、くん……ちょっと、まっ――は、げし……すぎっ」

と、必死な様子で言ってくるユウナ。

彼女は頭をふりふり、何かに耐《た》える様にジークへと言葉を続けてくる。

「こ、壊れ――あ、たし……ほ、本当に壊れ――」

「それが望みだろ？　存分に壊れろ、ユウナ」

言って、ジークはズンっと息子を突き入れる……すると。

「ぁ、～～～～～～～～～～～～～～～～～～～～～～～～～～～っ!!」

と、身体をピクンと一際《ひときわ》強く跳《は》ねさせるユウナ。
同時――。

ぷし、ぷしゃっ。


と、激しく噴き出すユウナの絶頂の証。

ジークはそんな彼女を見た後、すぐさま息子による突き込みを再開した。

「っ――!?」

と、驚いた様子で身体を揺らすユウナ。

彼女はジークの方へ手を伸ばしながら、さらに言葉を続けてくる。

「ま、待って――あ、あたしイッたばかりで――っ」

そんなユウナの言葉は、途中で不自然に止まる。

理由は簡単、ジークが特大の突き込みをユウナにかましたからだ。

「ぁ、か……はっ」

ぴくぴくんっ♪。

ぴゅっぴゅっ♪♪

と、完全に達しているユウナ。
美しい彼女がイキ狂《くる》い醜態《しゅうたい》をさらしている様子は、惨《みじ》めでとても可愛らしい。
故にジークは再度再度さらにさらに腰の動きを加速させ続ける。
そしてその度――。

「～～～～～～～～～～～～～～～～～～～～～～～～～～～～～～～～～っ！」

と、もはや声にならないといった様子のユウナの嬌声。
それが室内に響き渡るのだった。

……………。

………………。

………………………。

そして時は数時間後――朝。
ジークは昨晩から続き、今なおユウナを犯し続けている。
ぱちゅっ、ぱちゅっ、ぱちゅっ。

くちゅっ、くちゅっ、くちゅん♪

と、部屋に響くのは淫水音《いんすい》。

ユウナの下の口から溢れる愛蜜《あいみつ》を、ジークの息子がかき回す音だ。

そして、ジークがそうする度に。

「は、へ――っ」

と、息も絶え絶えな様子の声をあげるユウナ。

それでも、ジークが彼女の下の口を突くと――。

「ん、っ」

ぴゅっ♪

と、嬉《うれ》しさの証を噴き出すユウナ。

ユウナは昨晩から数え、軽く百回以上達している。

きっと、そろそろ満足したに違いない。

故にジークはラストスパートを決めにかかる。

ジークはユウナの太ももをガッチリとホールド――全ての衝撃《しょうげき》を逃がさぬよう、渾身《こんしん》の力を持って腰の動きを加速。

「う……あっ」

ピクンと身体を揺らすユウナ。

さぁ、舞台《ぶたい》は整った。

「行くぞ、ユウナ――受け止めろ！」

言って、ジークはユウナ目がけ至高の一突きを見舞《みま》う。

そして、息子から迸る《ほとばし》白濁液《はくだく》――同時。

「んぁ、っ～～～～～～～～～～～～～～～～～～～～～っ!!」

意識は薄《うす》れていた様子だが、しっかりと快楽を貪《むさぼ》るユウナ。

彼女は身体を激しく揺らし――。

ぷし、ぷしゃっ。

と、ユウナの淫蜜ですでにびしょびしょのシーツを、絶頂の証でさらに濡《ぬ》らしていく。

きっと、これでユウナも満足してくれたに違いない。

ジークがそんな事を考えながら、ゆっくりユウナから離れようとすると。

「ま、って……」

と、ジークの手を掴《つか》んで来るユウナ。

彼女は身体をぴくぴく小刻みに痙攣《けいれん》させ、なんとかといった様子でジークへ言ってくる。

「もっと……みんな、が……起きるまで、もっと……ジーク、くん。あたし……もっと、ジークくん、と」

「………」

「ダメ、かな?」

と、完全に色欲に狂《くる》った雌《めす》の表情で言ってくるユウナ。

彼女の質問の答など決まっている。

故にジークはユウナの頬を優しく撫《な》でながら、彼女へと言うのだった。

「いくらでもしてやるさ、お前のためならな」

あとがき

許せない。許すことなんて、できるわけがない。

狐耳を持ち、狐尻尾を持っている至高の娘。

狐娘に酷いことしないなんて、俺は断じて絶対に確実に許せない！

というわけで、序盤で性癖全開にしたクソ作家ことアカバコウヨウです。

お久しぶりの方はお久しぶり、はじめましての方ははじめまして。

今回はジークだけではなく、ユウナも主人公的な扱いで書かせてもらいました——なんなら、ユウナの方が活躍しているまであります。

個人的には『途中から強くなるヒロイン』というのが、ものすごく好きなので、今回の話はかなり楽しんでかけました。

読者の皆様も楽しんでもらえたのなら幸いです。

さてさて、話は変わりますが。

秋田書店様の『どこでもヤングチャンピオン』より、『常勝魔王のやりなおし』が……

コミカライズ決定しました。

というか、皆様がこの作品を読んでいる頃には、すでにコミカライズ連載中です。

イラストはひよひよ先生担当で、ラフとか色々見せてもらっているのですが――。

エッティです。エッティです。大事なので三回言いますが、とてもエッティです。

そして、戦闘シーンもかなり迫力あるものになっています。

こんなん……読むしかねぇだろぉおおおおおおおおおおおおおおおおおおおっ！

ということで、読者の皆様は是非ともコミカライズも読んでみてください。

ではでは最後になりますが。

読んでくれた読者の皆様、ありがとうございます。

アジシオ先生っ！　今回も神イラストありがとうございます。

出版にあたり、共に頑張ってくれたＨＪ編集部の皆様、担当編集者様、ありがとうございます。

色々支えてくれる家族、そして友達の皆様、ありがとうございます。

この作品は皆様への感謝純度１００％で出来ています。

ではではではでは、またどこかでお会いしましょう――狐娘に酷いことし隊、一番隊隊長アカバコウヨウより。

HJ文庫 968 http://www.hobbyjapan.co.jp/hjbunko/

常勝魔王のやりなおし3
～俺はまだ一割も本気を出していないんだが～

2021年11月1日　初版発行

著者――アカバコウヨウ

発行者―松下大介
発行所―株式会社ホビージャパン

〒151-0053
東京都渋谷区代々木2-15-8
電話　03(5304)7604（編集）
　　　03(5304)9112（営業）

印刷所――大日本印刷株式会社

装丁――Tomiki Sugimoto／株式会社エストール

Printed in Japan

ISBN978-4-7986-2642-0　C0193

ファンレター、作品のご感想お待ちしております

〒151-0053 東京都渋谷区代々木2-15-8
(株)ホビージャパン HJ文庫編集部 気付
アカバコウヨウ 先生／アジシオ 先生